杨立秋 —— 著

漫长的夜晚

春风文艺出版社
·沈阳·

图书在版编目（CIP）数据

漫长的夜晚/杨立秋著. —沈阳：春风文艺出版社，2024.1
ISBN 978-7-5313-6542-6

Ⅰ.①漫… Ⅱ.①杨… Ⅲ.①长篇小说—中国—当代 Ⅳ.①I247.5

中国国家版本馆CIP数据核字（2023）第181838号

春风文艺出版社出版发行
沈阳市和平区十一纬路25号　邮编：110003
辽宁新华印务有限公司印刷

责任编辑：孟芳芳	责任校对：陈　杰
装帧设计：黄　宇	幅面尺寸：145mm×210mm
字　　数：148千字	印　　张：7
版　　次：2024年1月第1版	印　　次：2024年1月第1次
书　　号：ISBN 978-7-5313-6542-6	
定　　价：68.00元	

版权专有　侵权必究　举报电话：024-23284391
如有质量问题，请拨打电话：024-23284384

夜晚盛开的心灵之花

——读杨立秋的小说《漫长的夜晚》

关仁山

白天不懂夜的黑。不管怎么不懂,白天还是要来临的。

《漫长的夜晚》是一部书写当代都市情感的小说。情感的世界里,不分黑夜和白天。小说不长,读起来富有人生况味。在爱情的世界里,有美丽的白桦林。最初美好的感情下是心灵的相惜,喧嚣的红尘中经历各种坎坷,紫馨、魏瑶、张起航和于军等人在坎坷中成长。人物命运的每一次转折都雕刻着时代的烙印。面对浮躁的世界,凭着朴素的直觉做出庄严的选择,回头看来路,有欣慰,有悔恨,有奋斗,有迷惘,让他们悟出了许多人生的真谛。

人生的薄凉,也可触手生温。

小说有对深夜迷惘的忧思,有对时代情感生活的思考。

黑夜等到天亮的瞬间。所以,黑夜的黑是可以分析、化解和突破的。幽微而辽阔，纯净而斑斓，建构起了历史与现实的对话空间，让读者感到回味悠长。爱情是两个独立灵魂的相互欣赏，成年人的爱情只能自己选择，绝不能以爱的名义去干扰或剥夺对方爱的权力。这世界最强大的是爱情，最脆弱的还是爱情。人生有些事情，似乎有着某种悖论。人走向社会除了建立自己的人脉网，就是要选择伴侣，伴侣的重要性小说体现出来了。张起航和魏瑶的爱情，他与慧莲的初见，都是生命中必然的经历。

小说故事的曲折与否就不那么重要，人物的处境是下笔重点。生活的环境、人与人之间的环境，这样的环境怎样塑造人？小说在故事中塑造形象，尽管有的地方故事很淡，淡得不像爱情小说。没有太多阵痛的渲染，平淡中见深情，平淡中有心灵的相惜，平淡中品出生活的重压。作家有一颗坚强、具体的、无处不在的世俗心。时代的喧嚣足以粉碎一切，在浮躁的物质世界，我们在失去一种具有生气和情谊的温暖情愫。

人的精神蜕变在文本中有较为深刻的反映。紫馨与于军婚姻期间，她为了跟于军同步，开始绣一个门帘打发时间。紫馨和于军最初的婚姻是误打误撞的，离婚之后，她反思人世反省自身，有了女人新的觉醒。她不仅注意到身边闺密的生活，还关照到年轻人与父辈的关系，比如，紫馨看见魏瑶生孩子的一幕，有着复杂的内心活动，而且还哭了，她感到生母和婆婆的天壤之别。

杨立秋是有生活的作家，生活底蕴深厚，有很好的生活储备，生活经过思想的提炼，形成了冷峻的认知能力。时代变迁的震荡，最终影响到人物形象塑造。紫馨、于军等人物的真实性，取决于人物性格的真实生动，取决于人物细节描写的精准与具体，细细密密的人生质地凸显出来，让我们读出了人物独特的行为方式、思想方式和情感方式。这些年轻人的迷惘、焦虑、不安、批判、欣喜、瞻望……形成丰富的追问：什么样子的城市生活最有价值，人活得才有意义？城市生活是"光怪陆离"的，写出城市真相是相当不易的。立秋知难而上，进而走进了这些城市饮食男女的内心，写出他们对生活的理解和追求。他们努力实现个体价值，改变了个体命运，而且改变了小家庭的前途。

通过阅读，我感觉作品情感的力量非常动人。比如魏瑶生孩子剖腹产，魏瑶母亲一直抵触他们的婚姻，但是，她生孩子的时候还是来了。母女相见，表情和内心描述得很得体，这里细节非常有生活，把握十分准确。如果细节失真，整部小说的真实性会受到伤害。这样的都市情感小说，以非常细腻生动的笔墨点燃出来，所以，我们描写细节的时候容不得丝毫马虎，更不能随意拖沓。"慧莲木然地坐在那里，目光呆滞地望着敞开的大门。大门外，夜色无边——"这是小说结尾，人物的一个表情，虽然波澜不惊，很是耐人寻味。这是对生活的无奈，也是一种超然，也是对未来生活的向往。慧莲的善良、机智和狡黠，以及内心的矛盾都表达出来了。作家帮助紫馨找回生命的尊严和生活的价值，给出了新的生活样式，也提供了生活的另一面的真相。退让，有时候也是真理。从这个角度说，这是直面惨淡人生的悲悯之作。

从这样的阅读角度来说，我感觉作品的完成度还是挺高的。故事里显示着青年人滑行、成长、蜕变的异同轨迹。小说写出了人间万象，残酷而真实的时代生活，写出了在多元文化和价值取向的交织互撕阵痛中成长的灵魂精神，写出了一批被时代巨浪裹挟的青年男女的命运转折，虽然没有大起大落，却也令人沉思。

作品的整个叙事风格亲切、温婉、清新。作家的语言是睿智、优雅和敏锐的，作家注意了语言针脚的绵密，使小说的细节、人物性格的逻辑，甚至在某些形容词汇的使用中藏着真情。作家一定有强大的共情能力，一部优秀的作品一定能迅速激发广大的同理心，让人感同身受，调动我们的文学和美学的经验，体味到了文学的性情之美、精神之美。文学浇灌心灵，培根铸魂，向读者传递文学的力量。尽管小说书写了黑夜，但是作家创造了一个充满人间悲欢又蕴含希望之光的艺术世界。

祝愿作家再出佳作！

（作者为著名作家、中国作协主席团委员、河北省作协主席）

目 录

楔 子		001
第一章	他俩和她俩的故事	004
第二章	逃出了艰辛	022
第三章	霜打的爱情	061
第四章	结痂的心变坚硬了	088
第五章	阵痛的喜悦	094
第六章	并蒂花红月不圆	105
第七章	迈向下坡路	117
第八章	失足前后	130
第九章	冬日里的温暖	152
第十章	藤能缠树树也缠藤	174
第十一章	泾渭清浊初有分明	192
第十二章	秋天里的庄稼和野草	203
第十三章	结束的开始	210

楔 子

　　紫馨就在那里，在磨砂玻璃的隐约中，在细如春雨的花洒喷淋之下。

　　紫馨轻轻抹去镜子上的水蒸气，朦胧的影像一下子就清晰了。镜里的这个女人，已经在四季更迭中，度过了45个春秋。

　　哗哗的水流声，溅起平日里人们留在她耳畔的话语：你可真年轻，哪像45岁的女人，就像30来岁。你长得真有气质，是那种越看越好看越耐看的女人。高挑又漂亮，气质还好，追你爱你的男人一定不少吧？你肯定是一个幸福的女人。

　　紫馨双手交叉抱在胸前，微闭着眼睛，在馨香和温润中，坐在浴椅上，略微扬着头，似乎在回味别人对她的判断和肯定，似乎也在扪心自问：别人的判断和肯定，是正确还是错误。

　　沐浴后的紫馨，穿戴整齐地斜靠在奶黄色的亚麻单人沙发上。她披垂着棕黑色的长发，身着一件黑色连衣休闲裙，这就使得她的面庞和露在裙外的肌肤，显得更加苍白和清瘦。初夏的暖风，穿过敞开的窗口，戏弄着她的长发，丝丝缕缕的飘拂中，一股淡淡的发香，就与窗外丁香的花香融为了一体。

紫馨很喜欢丁香。在她所在的这座北方小城里，丁香是最早把花香送给人们的树种。紫馨喜欢她的幽香，喜欢她先开花后长叶的率真和直白。透过明亮的落地窗，可以看到院中栽在大花盆里的好几株丁香树。那些深紫浅紫、深粉浅粉，又偏于藕荷色的花丛，在风儿中你拥我挤、摇头晃脑，好像都在彰显着浓郁的幽香和那一抹抹赏心悦目的色彩。

紫馨纹丝不动地靠在沙发上。沙发的背后是一个书架，书架里除了摆放着好多关于美容、养生方面的书，也摆放着好几幅她的照片和工艺摆件，还有她和一些经她美容后改头换面的美眉们的照片。

沙发的这一边，放着一个小茶几。茶几上，是紫馨刚刚沏上的绿茶。打开的电脑上，重复播放着一首邓丽君的歌曲《往事只能回味》。在这首既触动她心弦，又令她伤感的歌曲中，紫馨目光有些迷离，时而凝视着晶莹剔透的玻璃壶，时而望向窗外摇曳的丁香树。

缠绵曲调中，紫馨又想起了早上于军发来的短信，她迟迟没有回复。想了想，觉得还是有必要回复一下：你现在有的，我们没有，但不久会有的。我们现在有的你没有，也许永远都不会有。

为什么？没想到于军马上就给了回复，仿佛他就守在手机前等候她的短信似的。

紫馨回道：因为你一直在恼我们。

那如果有一天我想明白了一切，真心地谢你们呢？这次于军回复得有些慢。

紫馨：让我们都做好自己。在文字最后紫馨加上了一个表情，一个灿烂的笑脸。

按下发送键，紫馨的心却再难平静下来，纷乱的思绪，重新把她带回到缠绵的往事中……

第一章　他俩和她俩的故事

紫馨的第一个男人，就是婚姻中的那个丈夫于军。

她没有过渡、没有选择，稀里糊涂地就成了这个男人的妻子。那时她才23岁，在一家建筑公司做出纳员。她是在不知不觉中，被"剜到筐里就是菜"的于军看中的。

那是一个秋日的午后，她记完账，想到外面换换空气，活动活动身体。这是敞开式直对马路的一个大院落。对面是一幢幢高矮不等的企事业单位的建筑，马路是贯穿这个城市的主街道。秋天的暖阳，把树叶斑驳的影子摇曳了一地，像是漫不经心的画匠随意泼洒的水墨一样。

就在紫馨伸展臂膀摇头踢腿的时候，一辆突突作响的摩托车，风一样刮了进来。后座那位是同事魏瑶的男朋友张起航，开摩托的是一个个子高挺、发质浓黑、面庞白皙的小伙子。他就是于军。两个人都穿着统一的海蓝色工作服，胸口的衣兜上都印着几个鲜红的字：枫林啤酒厂。枫林啤酒厂是当时这个城市里很有名气的国营企业。

张起航与紫馨打过招呼后,就进了建筑公司的材料室去找女朋友魏瑶。于军没有跟进去,而是从车座底下摸出一块抹布擦拭起摩托车来。他手中的抹布,东一下西一下,毫无章法地在手中游移着。它就是一个道具,于军是借助抹布和摩托"周旋"的当口儿,偷偷窥视着紫馨。

在紫馨映入于军眼帘里的一刹那,他就觉得自己犹如铁屑,唰的一下被紫馨这块"吸铁石"牢牢地吸住了。于军的心突突地狂跳着,完全忘记了自己此行的"使命"。张起航脸皮薄,禁不住魏瑶同事们的调侃,所以,以往每次来这里找魏瑶都会叫上于军。不过,每一次来,于军都无缘见到紫馨,因为材料室和财会室是一条走廊的两个科室,一个在最东边,一个在最西边。

这次,紫馨的偶然出现,就像夜空中升起一轮皎洁的明月,在于军的心底洒下一片清辉。尽管魏瑶的同事里有好几个年轻的姑娘,但对于军而言,都是过眼云烟。这次紫馨的出现,却让他一下子沉入了湖底一样。心像被一个无形的什么东西紧紧地抓住了似的。于是,脚背离了"使命",灌了铅一般,咋也迈不动了。

张起航很快出来了,他涨红着脸,结结巴巴地嚷着:咋,咋没跟,跟我进去?这会儿你……你擦,擦,擦什么摩托啊!张起航说话有点口吃。特别是着急的时候,这嘴和舌头就更不利索了。

张起航红着脸问,于军红着脸答:我看这摩托太埋汰了,就顺手擦了擦。和他们有着一定距离的紫馨,仍然在活动着,暖阳像一条舌头舔着她白皙的脖颈，痒痒的、暖暖的，丝毫没注意他俩在说什么，更没有往他们那里瞧，只是最后听到张起航冲着于军结结巴巴嚷着：你，你，还说你擦摩托，这，这，魂画魂儿的，还，还，不如不擦。

张起航结结巴巴的话语，终于引起了紫馨的注意。她觉得张起航说话的方式很逗，外观形象也很逗。圆圆的脑袋，圆圆的脸，虽然二十四五了，可咋看都是一副娃娃相。因为他隔三岔五来这里，魏瑶的同事们就熟悉了他，只要他一来，魏瑶的同事们就爱逗他几句，调节一下气氛。直到后来张起航让于军陪着，开玩笑的人才收敛了一些。

单从外表上看，魏瑶和张起航绝对是不般配的。张起航不仅个子矮小，而且还有点足内翻，走路的姿势，总让人感到有点像南极的小企鹅。况且，魏瑶比张起航小几岁不说，长得也比张起航高大壮实，虽然算不上漂亮，但和张起航比起来，那是一丈差九尺，天悬地隔。

不过，魏瑶还是挺满意的。别人也认为是魏瑶高攀了张起航，因为张起航不仅是家里的独苗，他爸爸还是工商局的局长。谁家都没有电话，他家有；谁家都没有电视，他家有。别人家的餐桌上总是苞米面、白菜汤，他们家的餐桌上总是雪白的米饭和飘着肉香的炒菜。凤凰自行车骑够了，张起航又买了幸福摩托。只要张起航手指缝里夹着烟卷儿，几乎都是高档的。就冲这条件，似乎没人认为长得矮小、说话又结巴的张起航比魏瑶矮在哪里、差在哪里，倒是认为魏瑶挺走运，是魏瑶高攀了张起航。魏瑶也就很有自豪感地在同事们的赞叹和羡慕中昂首挺胸了。

魏瑶一直觉得女人能找一个条件好的、能吃香喝辣的男人，就是福气，就是命好。她总是记得她母亲说过的话：嫁汉嫁汉，穿衣吃饭。

因为紫馨和魏瑶小时候是发小，现在又是一个单位的同事，年龄又同岁，俩人处得挺好。自然，张起航与紫馨也就比别人熟络亲切很多。他很热情地打招呼：紫馨，锻炼呢？我先走了。

张起航跟紫馨道过别后，就双腿骑在摩托的后座上等待于军发动离去。可是，于军手把着摩托车的把手、骗着腿儿，就是不给油，总是找着话题与身后的张起航说话。紫馨在他视线里，他的腿咋也动不了，就像腿上加了把大锁似的。

紫馨回头，目光就扫到了正两眼发直看着她的于军。蓦地，紫馨的心就像水面翻涌起层层浪花，此起彼伏地拍打着她的心岸。又仿佛有一只无形的手指，拨动了隐藏在她心中的最隐秘的琴弦。而拨动的琴音，恰恰是她魂牵梦萦中的曲调。

从打紫馨看过了日本电影《追捕》之后，影片中由高仓健扮演的杜丘，就成了她的青春偶像。杜丘那有棱有角、充满了雄性特质的面庞和气质，无数次敲打着紫馨的心壁。好似有一泓涓涓的溪流，时时在涌动、滋润着她青春萌动的心田。只要电影院一有轮回上演《追捕》，她总会去看。

这会儿，当这个深藏于心底的偶像，突然间与眼前这个酷似杜丘的于军重合时，紫馨就感到自己的心门猝不及防地被人给撞开了，紧跟着，像有无数的棒槌在击打着她的心鼓。她脸红心跳起来，自言自语地嘟囔了一句：真像。真是太像了！此刻的紫馨虽然有些痴迷，但还没丧失理智。于军看她的眼神太烫人了，让她不由自主地选择了逃离。

就在有了这次相遇的第二天中午，魏瑶在蒸饭器取完饭盒，就把紫馨拽过一旁，笑眯眯地附在紫馨耳旁，神秘地说：喜鹊叫喳喳，好事找你了！听了魏瑶这没头没脑的话，紫馨一时愣住了，大睁着杏核眼，等待着魏瑶的下文。突然间，她有了一种什么预感。这预感又莫名地让她的心咚咚狂跳起来。

可魏瑶故意卖着关子，仰着脸、抿着嘴。她一边捧着从蒸饭器取出的饭盒，一边慢悠悠地说：现在正好放映电影《黑三角》，你答应请我看电影我就告诉你。

魏瑶越是卖着关子，紫馨就越是觉得那预感像无数的毛毛刺儿在撩拨着她。紫馨故作镇静地说：行，你说吧，什么事呀，这样神神秘秘的？

对了，别光请我看电影，得带上张起航。不行，咱们不能黑三角，更得带着于军。魏瑶一边摇着头，一边摆着手臂：你看我这嘴，还是给说露馅儿了，干脆我就跟你直说了吧，昨天跟张起航一起来咱这儿的于军看上你了，他猴急地让张起航跟我说，张起航又让我跟你说，现在我可把这接力棒传给你了，你看是接呢，还是不接呢？

听了魏瑶的这番话，紫馨那些预感的毛毛刺儿，一下子变成了打满苞蕾的花丛。在这花丛旁，《追捕》中的杜丘和昨天映入眼里的于军，幻灯片似的在她眼前闪现着。她捧着饭盒的手，不由得微微颤动起来。游离的目光望向铁皮蒸饭器里飘散出来的袅袅热气。顺着热气飘散的方位，又落向夹杂着红黄绿色彩斑斓的树丛，她忽然感到秋天的树叶竟是这样的美、这样的艳，好像是画家用最纯粹的颜料描绘、浸染上去的。天也格外的蓝，蓝得清澈，蓝得像湖水，蓝得让人心醉。

咋？想什么呢？这个接力棒你是接还是不接呀！于军那还等我回话呢。魏瑶扳过紫馨的脸，着急地问。

接……揭开饭盒，我看你带的什么菜？紫馨红着脸，既直接回答了，又婉转绕开了。

魏瑶轻轻捣了紫馨一拳，歪着头捉住紫馨躲闪的目光：你脸红什么呀？就直接说同意得了呗。别说，这军和你还是挺般配的呢，长得没挑的，我感觉他很像一个人，像，像……

魏瑶没有说出来像谁。但紫馨确定，她一定也认为于军长得像杜丘，但《追捕》对她来说只是过眼云烟，看过一遍就拉倒了。

走，咱俩吃饭去吧，饿了。

紫馨没有接她的话茬儿，拽起魏瑶去她的材料室吃午饭去了。那顿饭，是紫馨就着欢畅吃下去的。她忘记了吃的什么，忘记了什么味道，只记得像有一条欢快流淌的小河，叮叮咚咚地在她心里跳跃着美丽的浪花。

当天傍晚,紫馨和于军在一片白桦林里见了面。初次的约会,总还是需要桥梁的。自然,于军那边是张起航,紫馨这边是魏瑶。还是张起航的那辆摩托车把于军带到这里的。于军和张起航到的时候,紫馨和魏瑶还没到。

这边的魏瑶不住地看着手表,不住地催促着紫馨快点。可是紫馨却显出不紧不慢的样子,她是故意磨蹭了一会儿。她觉得男人和女人的第一次约会,女的绝不能先到,一定要让男的先到,并且,还要让他等上几分钟,这样才能显示出女人的矜持和淡定。

紫馨穿一身浅粉色薄绒套裙,脖子上系一条乳白色的纱巾,下着肉色的体形裤,脚穿一双半跟白色瓢鞋。

临走时,紫馨趁上卫生间的当口儿,悄悄从挎包里掏出了五角一盒的天香粉,打开盒盖儿,拿起粉扑轻轻在脸上擦拭了几下后,又拿出一支口红轻轻地往嘴唇上涂了涂。然后上下嘴唇对着一抿,就完成了她所要完成的步骤。当然,她又着意把披肩的长发,用一个香蕉形状的黄色发卡高高地束在脑后。她觉得是不应该涂腮红的了,因为她的脸,在临近下班的时候,就开始发烫,一直烫到耳根儿。滚烫着的脸,一定是红着的。

紫馨说不清从单位到白桦林的路途比原来近了还是远了。她只是觉得面对于军的时候,她就想化作白桦林中的一棵白桦树。紫馨从小长这么大,还从来没有要独自接触一个陌生的小伙子。

尽管她曾经在心里隐隐地渴望过。尽管眼前的这个人，又与她心目中的青春偶像那样酷似，可越是这样，她的心里就越是翻江倒海一般。

张起航和于军说了什么，魏瑶又说了什么，紫馨一点也不记得了，也压根儿就没听进去，她的脑子里一直预想着这该是怎样的约会，该是什么情形。事先想好的那些话都化为乌有，剩下的就是紧张和忸怩了。

紫馨一直紧紧攥着魏瑶的手，直到魏瑶和张起航要离开的时候，她还紧紧地攥着，不，是更紧地攥着。她真希望魏瑶能一直陪着她。她有点害怕单独和于军留在白桦林中。

可是，她的手还是被魏瑶硬给放开了。魏瑶鼓励地拍拍她的肩，又冲于军做个鬼脸，就抱起张起航的后腰，坐着摩托车离开了。

白桦林一下子变得格外安静，静得紫馨都清晰地听得到自己扑通扑通的心跳声。她低垂着头，踯着脚底下的枯叶。

秋天的白桦林特别的美。笔直的银白色树干，亭亭玉立，高耸入云。树干上的树节，好似一双双美丽的大眼睛。每一双大眼睛都是那样的俏丽、那样的温柔、那样的专注，就像少女顾盼生辉的明眸。

需仰头才能看到的树叶，在余晖中泛着金色的光亮，晚风中哗哗作响，摇曳生姿，像是无数身着白色纱裙的少女头上戴的配饰。

下班了？

这就是于军的开场白。他是在清了一下嗓子后，轻声说出来的。

哦，下班了。紫馨也轻声回答着。

我叫于军，在家排行老大，今年24岁，下面有一个弟弟一个妹妹。我和起航在一个单位，我在啤酒厂罐装车间。这是于军的第二句话。也就在于军说出第二句话的时候，紫馨才慢慢把目光一点点聚焦在于军的身上。

于军穿了一件敞着怀的瓦灰色夹克，里面是杏黄色的衬衫。浓黑的寸头，密匝匝地站立着，显得坚韧而阳刚。随着他说话的气流，紫馨隐约闻到一种淡淡的薄荷香味。总之，那副面庞、那份清爽、那股气味儿，都令紫馨心旌摇曳。

我也排行老大，有两个弟弟。紫馨顺着话茬回应着。紫馨没有对自己的工作，做多余的介绍。

其实，在紫馨一出现在白桦林里的时候，于军就早已把她尽收眼底了。紫馨那高挑的身段儿，配着那身浅粉色的套裙，还有脖颈上随风飘动的白纱巾，在那片银白色的白桦林的衬映下，宛若仙女一般。于军不仅是心跳，而且是心醉了。紫馨那特有的魅力和娇柔，让他的心海里浪潮激荡。只是这一切都被他的那份阳刚之气掩盖了而已。

有了前面的对话，也就拉开了俩人交流的帷幕。随着帷幕的拉开，两个人局促的感觉也就一点点淡了，就像掀掉了堵在溪流上的淤泥，水流一下子就顺畅了一样。

我爸是抗美援朝的老战士、老党员。打仗时受过伤，摘掉了一叶肺子，现在腿内还有一个弹片呢。获得过英雄的称号，我家现在还有抗美援朝纪念章呢。

说这些话的时候，于军的声调就高昂了许多，一种自豪感一下子充盈了他的心胸，好像打出了扑克牌中的大王。而这的的确确是一个有分量的砝码，加重了紫馨对他的好感和满意度。

紫馨和魏瑶有所不同，她并不太在意家庭的经济状况，而是特别看中家庭的政治背景。这或许与搞政治工作的父亲有关。特别是当她得知于军还是共青团员时，就又加了一个砝码。

于军的父亲是英雄，紫馨想，有这样英雄的父亲，那么他的儿子肯定错不了。

于军看紫馨听到他父亲话题时所显现的敬慕神情后，就索性讲起了父亲在战场上打仗的故事。这竟成了他们第一次见面最主要的话题。这的确是一个不短的描述。这就让紫馨一直觉得他们的第一次约会是苍白的。但苍白中毕竟还有那抹浓重的红色。

当紫馨和于军的初恋成为往事和回忆的时候，留给紫馨的，都是大面积的空白，如果说有那么两处带点影像和色彩的回忆，就是军大衣和紫馨周日值班的办公室。

北方的深秋是幽冷的了。在这个幽冷的时节里，紫馨和于军却进入了热恋。那个时候的于军总是披着一件军大衣，说不出是当时的一种时髦，还是没有别的衣服可穿，反正，就是军大衣。

那时他们除了偶尔看看电影，就是在天黑了的时候，很固定地去一个他们去习惯了的地方，一所依山而建的四合院似的平房小学。

那时，都是半天课晚上更没有什么自习。从过午开始，这里就静得像一潭死水了。特别是天黑之后，四周一片宁静。偶尔山风会在那片蓖麻的枯丛中，筛撒下一阵阵哗啦哗啦的脆响，好像掩藏着许许多多准备冬眠的小动物，这反倒显出四周更加寂静。

紫馨记不清于军是怎样引领着她到这个地方的，她只是清晰地记得他们的初吻，就是在这所漆黑的、寂静的小学的房山下。

虽然紫馨看过多次《追捕》，虽然心中的偶像杜丘留给她那样多少女的憧憬与渴望，可现实中面对酷似偶像杜丘的于军时，她还是显得过于胆怯羞涩，以至于他们的相处都接近热恋阶段了，彼此也仅限于并着肩膀走着，刚好贴身地坐着。

终于在一个没有月亮的夜晚，序幕和台词很简单，但却顺理成章。

当一阵夹裹着小雪晶的冷风吹过后，于军问：冷吗？紫馨答：冷。于是，于军就敞开军大衣，像一只展开了翅膀的大雄鸟，呼啦一下把紫馨拥进了怀抱。紫馨就像一只被惊吓的小猫，紧紧地贴在他的怀里。那时，紫馨清晰地听到了于军咚咚有力的心跳声，也清晰地感受着两张滚烫的面颊，正耳鬓厮磨着，于军那带着热流和哈气的嘴唇，捕捉着紫馨的唇。紫馨的头左右摆动着，说不出是在躲避，还是迎合。终于，两人炽热的唇吻在了一起。

　　那一刻，紫馨就感到自己特别的温暖，她觉得自己如同雪晶一样在于军的怀里融化了。深藏于紫馨心底的那份对爱的渴望与憧憬，在那一刻，在这个酷似杜丘的于军身上再现了。于军则感到浑身都在冒火、都在熊熊燃烧。好像随时都能把学校房山边上的那片蓖麻丛点燃。

　　在两人紧紧的相拥中，于军幻想着念书时生理卫生课本上的异性的胴体和构造，回味着课本上关于异性性交的描述。越是这样幻想和回味，于军就越是难以自持。真想脱下大衣，挣脱衣服的束缚。但理智让他压抑住心底的欲望。他知道，紫馨不同于魏瑶，紫馨的矜持和温婉、紫馨的娇羞和理性，都让他不敢太过放纵。他只能紧紧地，更紧紧地抱着紫馨，只能深深地吻着，只能任欲望的烈火在渴望的干柴上烧灼着。

　　有了这样的拥抱、亲吻后，紫馨和于军更是如胶似漆。只要于军有空闲，总是要和紫馨在一起。而这片四合院小学，更是他们每天傍晚都要去的地方。尽管北方的冬天嘎巴嘎巴冷，可越是寒冷，紫馨就越依赖于军怀抱的温暖；越是寒冷，于军也越有理由把紫馨拥入怀中。然后，两人就缠绵地接吻，接吻，再接吻。他们没有太多太多的话，好像一切一切想说的、该说的，都在相拥的怀抱里，都在炽热的亲吻中。漫长而冷寂的冬季，有了爱情的滋润，既不漫长也不冷寂了。

　　那时，能有一个温暖的、寂静的、只有两个人静静待上一天的地方，实在是于军和紫馨最期盼的，那就是紫馨周日值班的办公室。

每轮到紫馨值班，紫馨和于军都会早早过去。为了节省中午回家吃饭的时间，每次于军都带些中午吃的东西。要么是面包香肠，要么是两串锅烙，要么就是葱花油饼和煮鸡蛋什么的。这样，两个人就可以从早上一直待到晚上下班。

其实，在这一整天的相伴中，两人无非也就是亲昵地相拥着，炽热地亲吻着。好多时候，也都是默默的、无声的。有脉脉含情的凝视，有相拥时倾听彼此的心跳。要是让紫馨回想一些别的什么内容来，还真是太抽象了。好像他们的爱恋就是拥抱和亲吻，就是身心在青春荷尔蒙激发的愉悦和战栗。或许，这就是那个激情岁月留给紫馨最清晰、最温情的回忆了。

然而，当婚姻把他们恋爱时热烈的渴望兑现成平淡和现实之后，紫馨就犹如从美丽的云朵，一下子跌落到冰冷的谷底。这个恋爱时激情燃烧、温柔体贴的于军，很快就如锻造成型后冷却下来的铁块。新婚的红"囍"字还没有褪色，于军就现出他的本性来。没日没夜地和张起航他们聚在一起，酗酒、赌博，待在家里陪伴紫馨的时间越来越少。

张起航是先于于军不长时间结婚的。

当时，魏瑶是挺着六七个月的孕肚做的新娘。尽管是穿着很宽松的连衣裙，可那圆滚滚的肚子，还是掩盖不住地闯进人们的视线。但婚礼的愉快气氛，一点没因为人们的窃窃私语而打折扣，反倒很有双喜临门的味道。

一场婚礼，让张起航收到了可观的礼金。当然，这礼金大部分都冲着他那个当工商局局长的父亲的面子。平日里，想巴结都找不到机会的人们，谁还会错过这个讨好和拉关系的时机呢？于是，比着厚度的用红纸或信封包裹的礼金，署着姓名，或明或暗地送到了张起航父亲的手中，而后又从父亲的手里转到了张起航的名下。

作为新郎新娘的好友与闺密，于军和紫馨自然是在他们婚礼上忙前忙后的角色。因为四个人之间的密切关系，他们二人也充当着伴郎和伴娘的角色。

可是，婚礼的喜庆气氛丝毫没让紫馨感到应有的喜庆，而像是一块染杂了色彩的红布，让她觉得有些郁闷和压抑，尤其是当她看到面色暗淡并有些浮肿的魏瑶时。

虽然魏瑶化了很浓的妆，但厚厚的脂粉依然盖不住脸颊明显的妊娠斑。涂着口红的嘴唇里面因为溃疡，总是时不时地吸溜一下，或者抿上一抿。这就使得舔去了些许口红的嘴唇露出原有的暗淡，这暗淡结合着她脸上的妊娠斑，就让她整个人现出倦怠与憔悴。

她没有穿高跟鞋，而是穿着半托跟的平底皮鞋。因为浮肿，从红裙下摆到鞋口外露出的小腿上，没有一点曲线的过渡，宛若两个粗壮的大棒槌插在有点歪扭的鞋子里。而她上下一般粗的圆滚的身子，也像厨房里的大煤气罐。"新娘"，这个在紫馨脑海里一直很纯粹、很美丽、很幸福、很神秘的字眼儿，到了魏瑶这里却被打得七零八碎。原本应该是羞涩的新娘，现在却是一个身怀六甲的孕妇。原本应该是美丽的新娘，现在却是一个臃肿、难看的准母亲。

当看到张起航携着腆着大肚子的魏瑶穿梭于席间给来宾敬酒的时候，紫馨眼里竟然蓦地涌出了泪花。她使劲克制着自己，才没让泪花变作泪水流淌下来。

只见魏瑶一只手托着酒杯，一只手扯着张起航的衣襟，缓慢地挪动着脚步，每走上几步，都像是南极的企鹅似的。她的脸上，始终挂着疲惫的、硬挤出的笑容，因为这是必须"复制"到每一张酒桌前的，所以就有些僵硬。

魏瑶还没走过几张酒桌，她那扯拽着张起航衣襟的手，就被张起航厌烦地甩开了。她虽然举着酒杯，但谁也不会让她喝，她只是出于礼貌做个样子罢了。但她的脸竟忽然红了。她趁着张起航和酒桌的人寒暄敬酒的空当，快速看了张起航一眼。那个眼神儿，是无辜的、软弱的、胆怯的。匆匆的一瞥，又委屈地挪开。

这细微的一幕，针尖似的刺痛了紫馨，她猛然离开自己的酒桌，几乎是小跑着来到了魏瑶的身旁，挽起魏瑶的胳臂。其实，"挽"，只是做个样子，实则是"搀"，她是想用自己的臂膀，给予魏瑶一点支撑。

于军正和几个熟络的哥们儿喝得热闹，根本没有注意到紫馨已到了魏瑶身边。紫馨就这样一直搀挽着魏瑶，直到打发走最后一拨儿宾客。

因为他们那种双重的朋友关系，再加上张起航和魏瑶也算是于军和紫馨的介绍人，所以，他们的关系就很是密切。可是，从打在婚礼上看到张起航对魏瑶那厌烦和不屑的样子后，紫馨对他的印象就打了折扣。但张起航对于军，不仅没有因为结婚而疏忽淡漠，相反，倒是更亲密了起来，甚至在新婚之夜，把于军和紫馨留在了他们家里。

面对那有悖常理的挽留，紫馨坚决地推辞着，于军也觉得不成体统。可张起航却急了，他借着酒劲儿一把扳过于军，拍着他的肩膀说，你还真当这是新婚之夜呢？我们的新婚之夜，早度完了。没看见我媳妇的肚子都那么大了吗？其实，这婚礼，就是走个过场。也是我家老爷子的意思，别走了，正好还有几个哥们儿，咱们再单独好好喝喝，然后，打打麻将。咱就当三十晚上过了……

紫馨还想说什么，被身边的魏瑶止住了，她用力地捏了一下紫馨的手指，轻声地说，紫馨，留下吧，陪陪我。真的！

魏瑶把"真的"两个字说得恳切。紫馨的目光触碰魏瑶那近似于祈求的眼神时，就再无力推辞。看着已经拉着于军上了二楼的张起航和另外两个哥们儿，紫馨只好跟着魏瑶走进了贴着大红喜字的新房。

那个有着八栋二层小楼的住宅区，叫小柳弯，是干部家属区。每幢二层小楼都独立一体，一水儿的瓦青色。在张起航家这幢二层小楼里，张起航和魏瑶住楼上，他的父母住楼下。

走进新房的紫馨，感到这新房也像魏瑶的人一样，虽然也是新房的装点，却没有了洞房的新鲜感。在某个角落里，还放着给婴儿准备的用品。两件皱皱巴巴的睡衣，两双红色的带有装饰珠的情侣拖鞋。一只拖鞋上的装饰珠竟断了连线，耷拉在一边。特别是床铺，绝对没有了真正洞房的那种齐整、喜庆和华丽，而是松松垮垮地撂在一起，就像是睡醒后有些慵懒的妇人。

在这个新婚之夜，在这个本应该是新郎的位置上，换成了紫馨。紫馨有一种说不出来的滋味，就像咀嚼了又涩又苦又酸的野山梨。

魏瑶脱掉了红色婚裙，换上了起着褶皱的睡衣，又洗去了脸上的脂粉和口红，就更没有了新娘的样子，而是地地道道、不折不扣的一个臃肿、疲惫、没有了姣容的孕妇。

魏瑶在紫馨的搀扶下上了床，而后喘着粗气慢慢躺了下来。忽然像是想起什么似的，魏瑶又从床上费劲地爬起来，然后下地从柜子里拿出一个一尺见方的东西。这东西用黄色丝绒包着，这让紫馨充满了期待。

魏瑶小心翼翼地一层层打开，里面是一个样式很古朴的盒子。铁梨镂空雕刻，内衬紫色的铜板，看上去很贵重，上面还上着很大一把样式同样古老的铜锁。

魏瑶把盒子抱在怀里，有些浮肿的脸上荡漾着舒心的笑容。婆婆把这个传家宝给了我，到我这儿已经是第六代了。据说这是张起航老祖宗留下的宝贝呢。

紫馨好奇地拿过盒子,在手里掂了掂,说,还挺重,不知道是啥宝贝。你没打开看看吗?

魏瑶说,我婆婆说了,不到万不得已的时候,千万不能打开。

紫馨疑惑地点点头,那你好好收着吧!

魏瑶小心地抚摸着,脸上的笑容更加灿烂了。

在紫馨的提议下,魏瑶关掉了那盏明亮的吸顶灯,打开了床头旁的那盏柔和的橘红色台灯。紫馨不愿意在明亮的灯光下目触眼前的一切,她想借助台灯的橘红色,把这个新房、把魏瑶、把眼前的一切一切,都涂上点暖色。让这个暖色与这个夜晚相匹配。

虽说紫馨和魏瑶是发小,又是同一单位的同事,对魏瑶多少了解一些,但更全面了解魏瑶,还真是在这个被张起航说成当三十晚上过的这个"新婚之夜"里。毫无睡意的魏瑶絮絮叨叨给紫馨说了很多往事。

第二章　逃出了艰辛

魏瑶是在父母的战火硝烟中长大的。从魏瑶记事起,父母就整天在吵架。一吵架,父亲不是打母亲,就是摔盆砸碗,吓得魏瑶和弟弟们躲在墙角哭成一团。

魏瑶在家排行老大,还有三个弟弟,他们之间都相差两三岁。从她上了小学开始,父母就拿她当大人使唤,买粮、脱煤坯、洗衣、做饭,哄三个弟弟。到了冬天,还要帮着母亲渍酸菜,买过冬的土豆、大萝卜。那时,魏瑶的父亲在一个施工队开吊车。母亲就在父亲单位所属的"家属队"里做小工。

魏瑶的父亲酷爱拉二胡。只要在家,二胡就不离手。没白天黑夜地总是吱吱呀呀地拉一家人早已听得耳朵都起茧的曲子。在这个家里,魏瑶的父亲除了跟魏瑶的母亲打架,就是拉二胡,好像这就是他生活的全部内容。

那老掉牙的曲子听到魏瑶耳朵里,呜呜咽咽的,就像一个人压抑地哭。魏瑶就是在这样沉重、压抑的环境中一点点长大的。她的身心,从来就没有轻松过。即使是在学校上课的时候,心里也总是七上八下的，总担心放学回家后，父母会不会又在打架，她会不会又吃不上饭。因为她心总是不能安静下来，所以学习成绩很差，几乎是班里的"尾巴"。她唯一好的科目是体育。班主任就推荐她去了校田径队，因为班主任认为这不需要走脑，只需要体能。在这个田径队里，魏瑶算是佼佼者，还在市中小学田径比赛中拿过名次。

就在学校要重点培养她，准备派她参加省田径运动会时，她的母亲却说啥也不同意，田径队都不让她去了，想让她有更多的课余时间照看最小的弟弟。

那时，能够带给魏瑶快乐和轻松的就只有田径队。她没有想到这唯一的乐趣也要被母亲给剥夺了。魏瑶就呜呜地大哭，跪地上恳求母亲让她继续参加田径队的训练，并且向母亲保证：只要别让她离开田径队，家里的什么活她都干。

看着哭得泪人似的魏瑶，母亲总算勉强答应了。但前提是：她必须带上弟弟。

无奈的魏瑶，只好答应了母亲。可是没过几天田径队的教练叫住她，板着脸说，这是学校，是田径队，你整天带着个孩子到这来训练，成什么样子？下次再来不准带孩子！你要是还带孩子来，就直接回家哄孩子去吧！

教练的这番话，犹如给魏瑶泼一盆冷水。她汗水夹杂着泪水，想去找班主任，求班主任给自己讲个情。可当她推开教研室的门，看到班主任时，却哆嗦着嘴唇什么都说不出来。班主任一再追问,她才说明了缘由。班主任大概看魏瑶可怜巴巴的,或许是真感到她是一个田径的好苗子,就起身到体育组跟那教练求情去了。

好在田径队的教练很给班主任面子,答应了魏瑶可以继续带着弟弟去训练。

然而还没等魏瑶的心稳定下来,弟弟的一个砖头就让她彻底地与田径队告别了,也彻底地砸碎了魏瑶的梦想和所有的快乐。

那一天,魏瑶安顿弟弟在沙堆上玩,自己到操场上训练,不知何时,好动的弟弟就跑到这边来,拿起一块砖头抛了出去。

这砖头不偏不倚正好落在魏瑶的头上,立刻,殷红的血就浸湿了魏瑶的头发,顺着刘海儿流淌下来。教练吓得不得了,赶紧叫几个学生带魏瑶去卫生所包扎,然后直接把她送回了家。魏瑶那惹了祸的弟弟含着指头,吸溜着鼻涕,像条尾巴似的乖乖地跟在他们身后。

当魏瑶的母亲看到头上缠着白色绷带的魏瑶时,她呼喊出的第一句话竟然是:天哪!真是万幸!太万幸了!这砖头要是落在别人的脑袋上,可就沾包倒霉了,那咱得赔给人家多少钱啊!要是真有个什么后遗症,那咱还不得吃不了兜着走?幸亏是砸在了你的头上!

魏瑶听到母亲这番话,眼泪就小溪似的顺着眼角流淌出来。那时,她已经小学五年级了,她已经懂得了人间冷暖。母亲的这番话,像尖刀一样一刀刀刺在了她的心脏上。

魏瑶虽然是家里唯一的女孩儿，但丝毫没因为这一点得到父母的半点宠爱，父亲就不用说了，即便是母亲，也没能在魏瑶的记忆里留下过什么温情的画面。一旦家里的什么活计没干好，做菜放多了油或放多了盐，母亲上来就是一顿劈头盖脸的打骂。

母亲的骂，是最难听的咒骂，母亲的打，是用力拧嘴巴子。当母亲用手指捏魏瑶的脸，还总要用力拧上几拧，魏瑶的脸上总会留下一块半圆形的青紫。

也有超越这种"拧"的痛苦。有一回学校开运动会，班级要求每个同学都穿白衬衫蓝裤子。可是魏瑶没有白衬衫，就央求母亲去隔壁的邻居家借。因为她看到过邻居家与她一样大的孩子穿过白衬衫。母亲虽然不太情愿但还是去了。那还是因为魏瑶答应替她干好多的家务。

可没想到，魏瑶在穿着白衬衫赛跑时，跑丢了一枚扣子。就因为这个，回家后魏瑶就遭到母亲的连骂带打。这次不是拧，而是扯着魏瑶的头发往墙上撞。母亲那凶狠狰狞的样子，深深地烙在了魏瑶的心底。以至于后来，每每梦到母亲，都是一脸的狰狞。

那时，她常常怀疑自己是捡来的，自己的母亲是后妈。可事实证明，她是母亲亲生的。那个已经满头白发的接生婆就是他们后院的老邻居，出来进去的，魏瑶时常看到她坐在大门口，也亲耳听她讲过魏瑶母亲生魏瑶时的一些经历和细节。既然是自己的亲妈，魏瑶就只好这样想：母亲可能总被父亲打骂，无法泄愤才拿她撒气解恨的吧？

魏瑶一直弄不明白，母亲为啥那样不愿意看到她白天睡觉。从打魏瑶记事，好像就极少能在白天里睡觉，无论她怎么困，都要硬撑着不敢躺下。有几次实在困得挺不住了，还没等睡着，就听母亲歪着嘴，咬着牙骂道：睡，睡，就知道睡！是要睡死呀，还是要睡成猪哇！

即使是魏瑶的头被弟弟的砖头砸伤后躺在炕上的时候，母亲还不住地用眼角狠狠地剜她。

当魏瑶唯一的乐趣和梦想被弟弟的砖头砸个稀碎后，她就彻底沉默了。

以前因为有体育这个强项，每次开运动会，都是她给班里拿第一，所以，老师和同学们的欢呼和掌声，让魏瑶心里滋生一份自豪感。她觉得老师和同学对她极差的学习成绩，似乎就少了些许的蔑视。可是，当她唯一的强项失去了之后，她就觉得自己彻头彻尾啥也不是了。巨大的自卑让她总是躲着同学。只要不是必须的，她从不参加学校的什么活动。当别的同学穿着新衣，跳着皮筋，嘻嘻哈哈快快乐乐的时候，她满脑子都是家里的一切：打成一团的父母、闹闹哄哄的弟弟们，还有那些乱七八糟总也干不完的家务活儿。

魏瑶是在一个寒冷的冬天里从一个小女孩儿过渡到大姑娘的。那时她刚上初中，当她在洁白的雪地上解完手后，被地上的一片鲜红吓蒙了。当她脱下裤子，确定了血是从自己的下体里流出的后，更是惶恐得不知所措。她以为自己是得了什么病，或者是伤到了哪里。可是，隐隐的又觉得这是很难为情的事情，毕竟，这血是从那最隐蔽最害羞的地方流出来的。

平日在外面的公厕里，魏瑶经常看到那些被血浸染的"脏东西"，她曾懵懂地想过，为什么只有女厕所里见过这东西，她也见过母亲扔在马桶里的那"脏东西"。她一直想问问母亲是怎么了，为什么隔一段时间就要流那么多的血，可她又害怕，不敢问从来没什么好脸色的母亲。

回到家，魏瑶犹豫半天想硬着头皮问问母亲她这是怎么了。

可是还没等她问出口，母亲倒板着脸问起她来，说，我这一大卷的卫生纸，怎么就少了这么多呢？我不是说过，你们上厕所用旧的书本和报纸就行吗？母亲边说边把那抹冰冷、怪异的目光，扫在魏瑶的脸上。魏瑶支吾着，我，我，我用了。

你用了？母亲一下抬高了声音，她的眼珠在很深的眼眶里转了几转后，一边狠狠地看着魏瑶，一边吸溜着鼻子想在魏瑶身上捕捉到什么气息，然后把拿在手里的卫生纸朝炕柜上一扔，好像明知故问似的说，你用哪了？

魏瑶就带着哭腔说，血，我，我流血了。

你成人了！魏瑶的母亲怕魏瑶听不懂，又补充了一句，就是说可以怀孩子、生孩子了。你不是小丫头片子了！

母亲这突兀的话语，让魏瑶丈二和尚摸不着头脑。她既害羞又懵懂地看着母亲。可这时的母亲已把目光从魏瑶的脸上移开了。她甩了鞋子爬上炕柜，把扔在炕柜上的那半卷卫生纸拿了回来，冲着魏瑶就扔了过去，同时也扔过去一句硬邦邦的话，省着点用，不用总换那样勤，这一卷纸不少钱呢！

魏瑶捏着母亲扔过来的半卷纸，看着母亲远去的背影，心里空空落落的。

转身离开的母亲，隔着里外屋的房门，又扔进来一句话，对了，仓房柳条筐里有一些攒下的牙膏皮，你去卖了吧，够买几卷卫生纸的了。

魏瑶嗯了一声。魏瑶说不清母亲的这句话，是让她感到温暖还是更加冰冷了。

那个时候的魏瑶，已经不单要洗衣、做饭、哄弟弟、脱煤坯了，母亲还把一些破旧的衣裳和弹好的棉花翻腾出来，让魏瑶跟着她学做棉衣、棉裤，说以后这也是她要干的活了。魏瑶在学校上完半天的课，之后就像陀螺似的，被母亲"抽打"着，永不停息地"转动"着。

魏瑶快高中毕业时，家里出了事。开吊车的父亲从吊车上摔下来，若不是因为中间横七竖八的跳板和脚手架的抵挡和缓冲，当时就一命呜呼了。虽然捡回一条命，却摔成重伤，导致一条腿截肢，颈部和腰椎骨不同程度地骨折。就这样，父亲因工伤而退养在家，魏瑶接了父亲的班。

对于父亲的这个班，魏瑶的父母压根儿不想让她接。平日里一直两军对垒、战火不断的二人，在接班这个问题上，竟难得地形成了统一战线，一致决定要让儿子接这个班。可当时，按接班的年龄，魏瑶还不太够杠儿，那么，她那几个弟弟更是谁都不够接班的年龄了。

母亲一次次地跑到父亲的单位，找到有关的领导和部门，要求这个班，能不能缓几年再接。领导很坚定地回答，不能！就是现在让你姑娘接这个班，都是出于照顾，要是严格按规定的话，你姑娘的年龄还差一点呢！

在无奈和不得已的情况下，那冤家似的两口子才心不甘，情不愿地让魏瑶接了班。一个大姑娘到建筑部门去上班，实在不好安排。太重的活干不了，太轻的活又轮不上。魏瑶就只好打游击似的，凡是哪里有需要打零杂的活，就被领导安排去哪。

接了班的魏瑶，像是欠下了家里所有人的债，好像无论怎样累死累活地干，无论怎样的付出，都偿还不了他们。从魏瑶第一次领了工资开始，就全交给母亲，连同工资条。魏瑶就是要买点什么姑娘家该买的东西，都要寻思半天朝母亲要。家里大小的活计，更是哪一样都落不下她。

因为魏瑶还有三个念书的弟弟正在长身体，都到了越来越能吃的年龄，魏瑶接班的工资和母亲当小工挣的钱，再加上父亲退养的那点钱，就越发显得不够花了。母亲就白天在家属队里做小工，夜晚，缝制劳保手套挣钱。当然，这样的活计是绝对少不了魏瑶的。

每天晚上，魏瑶勉强支撑着，强忍着困倦和疲乏，不是在父母的吵骂声中，就是在父亲吱吱呀呀的二胡噪声里，缝制着那些永远也缝不完的手套。

腰椎受损的父亲，一点也没有因为失去了劳动能力而减弱争吵强度，相反，焦躁和整日无所事事，更是加大了他发动争吵的频率。虽然身体受限，不能再像以往那样撕打魏瑶的母亲，但家里的家什物件在他的手杖下，就在劫难逃了。

魏瑶整天就是在这样的家庭环境里挨着日子。每当她从外面往家走，都觉得脚步是那样的沉重、那样的艰难，越是临近家门口，脚步越是沉重得像不住加码的铅砣。她突然就渴望起能够离开这个家了。离开这个令她压抑、充满冰冷、弥漫着战火硝烟的家。

若想离开这个家，只有一个途径可走，那就是赶快找个对象，然后赶快结婚。一旦产生了这个想法，魏瑶的心立马就活泛起来。渴盼着能有一个肯接纳她，自己也能称心如意的对象。

巧的是，魏瑶产生了这个强烈愿望不久就结识了张起航。她与张起航的结识纯属偶然。后来，魏瑶每每想起，都觉得这就是天意。

两个人是在粮店买粮时认识的。那时粮店刚开始有了半机械化的设备。在装着各种粮食的木斗前，有一面简易的隔离墙，隔离墙上，有着数个透明的窗口，每个窗口下面都相应地有一个伸出隔离墙的出粮口。当买粮的顾客拿着排队开好票的长字条，透过这个窗口递给隔离墙里面的工作人员后,工作人员就在里面的电子秤上过完秤,然后,按一下绿色按钮,就听啪的一声,闭着"嘴巴"的出粮口,就忽地张开"嘴巴",顾客所要买的粮食,就会从那个张开了嘴的出粮口里吐出来。

这一天,正在这个出粮口撑开口袋准备接大米的张起航,不知是口袋没对正出粮口,还是里面摁电钮的人和外面接粮食的人没有同步,反正,出粮口的嘴巴一张,大米竟吐在了口袋外面。白花花的大米,喷射状地撒落了一地。那可是凭着粮食本定量供应的大米呀!

张起航蹲下身子,手忙脚乱地开始把散落的大米东一把西一把地往一起收。因为不是水泥地,还要尽量小心别把泥土带进米里,所以,张起航处理起来颇有点无所适从。

这时,排在张起航后面的魏瑶,就把她的位置让给了后面的人,自己蹲下身子帮张起航。那时,魏瑶什么也没想,完全是被那撒落在地上的白花花的大米吸引过去的。那好像是一群亟待救起的、离开了水面落到沙滩上的鱼苗,令她心疼。

两双手很快就把十多斤的大米收进了口袋里。张起航连声说着谢谢。这会儿魏瑶才不经意地扫了张起航一眼,回了声不用谢,又重新排队去了。

魏瑶背着玉米面袋还没走出粮店的大门,就被一个声音喊住了,哎,放我自行车上吧,我帮你驮一段路。

是刚才撒了米的那个小伙子,此刻,他正手把着凤凰自行车的车把,满脸期待地看着自己。

不用,没有多远的路,谢谢啦。魏瑶边说边继续迈动着脚步。

没什么,反正我这是自行车,也不用背扛的,就放上面吧。刚才你帮了我,现在我帮你也是应该的。

张起航不容魏瑶拒绝,就从魏瑶的身后拿下面口袋,放在了自行车的后座上。魏瑶也就只好跟在自行车的后面。出了大门口不远,魏瑶就要拿下面袋,说,咱们不一定顺路,你还是走你的吧。张起航就说,顺路顺路。你家在哪,我就帮你驮到哪。看着张起航那认真执着的样子,魏瑶实在不愿在大街上跟他争执,也就接受了张起航的帮助。

其实,粮店距离魏瑶家并不是像魏瑶说的那样近,还真要走上一段路程。这也恰好让这两个年轻人在行走中,有了拉呱(对话)的理由。张起航先是告诉了魏瑶自己的名字,魏瑶出于礼貌,也告诉了张起航自己的名字。而后,又话赶话地告知了对方自己的工作、年龄,以及一些零七杂八的话题。因为张起航执意要帮魏瑶把玉米面送到家门口,所以,他也就自然而然地知道了魏瑶家的住址。

魏瑶本以为他们仅仅是萍水相逢,仅仅是相互的一个帮助,可想不到的是,第二天在她去上班的路上,就碰见了扶着凤凰自行车特意等候在路旁的张起航。在魏瑶一愣神的时候,张起航就已迎上前去,说顺路,要驮魏瑶到单位。

魏瑶坚决谢绝了。谢绝的时候，魏瑶称呼了一声张哥。因为通过昨天的对话，她知道张起航比自己大5岁。张起航见魏瑶已经扭身走了，尴尬地愣在原地。眼睛眨巴了好一会儿，才骑上自行车离开了。

对于张起航帮她送面回家，魏瑶看作帮助。那么，对于他第二次的出现，再加上昨天聊天时所问及的话题，她就意识到什么了。这倒很吻合她一直渴望的，能有个对象、能够尽快结婚、尽快离开家的愿望。可是，眼前的这个人，又实在让她提不起兴趣来。矮小的身材，似乎还没有自己高。圆圆的头脸，不像一个大小伙子，反倒像一个憨态十足的娃娃，并且，好像还有些口吃。因为根本没有往心里去，魏瑶也就完全没拿这个人当回事。

可后来张起航做的一系列事情，就不得不让魏瑶把他"当回事"了。不仅是魏瑶，还包括她的父母。

拒绝张起航没两天，魏瑶下班回家的时候，就看到母亲表情怪怪的，说话也怪怪的。这天上总不会平白无故地掉馅儿饼吧？今天掉在咱家的倒不是馅儿饼，而是掉下了足足有三斤的白糖。你说，这是来自哪块云呢？魏瑶母亲一边这样说着，一边用深陷在眼眶里的眼珠死死地盯着魏瑶。

魏瑶一时蒙住了。她母亲就说，你会不知道？他说着你的名字，还说是你的朋友。魏瑶就问是什么样的人。她母亲就说，是一个个头不高的小伙子。母亲这样一说，魏瑶心里就明白了七八分,她就猜想可能是张起航。母亲随即补充的一句话,就更让魏瑶完全确定是张起航了。母亲说,他还是骑着凤凰自行车来的呢。

母亲是一直盯着魏瑶的脸说这番话的。她的眼神像探测仪似的,很想从魏瑶的神情上捕捉出点什么来。

可是,魏瑶一边忙着手里的家务,一边漫不经心地对母亲说,不是什么朋友,就是一个刚认识的人。

听了魏瑶这样说,母亲就瞪大着眼睛,嘴里连声说道,什么什么?不是什么朋友?一个刚认识的人,就能往咱家送这么多白糖?凭什么呀?

魏瑶平静地问,你把白糖放哪了,明天我还给他!

听了魏瑶的话,母亲又抬高了嗓门,你见过谁吃到嘴里的肉再吐出来?我就不信了,他平白无故地为啥要送白糖给你?

魏瑶本想对母亲说明那天粮店的经过,可是,她又实在不愿意和母亲聊这么多的话,也更不愿意辩解什么。于是,别过身,无声地忙起了手里的活计。

母亲倒是转到魏瑶的跟前,直直地盯着魏瑶,几乎鼻子碰到了鼻子。一个大姑娘家家的,长点心眼儿,可别拿二斤换八两!

魏瑶当然明白母亲这话的意思,就气闷地回了一句,就是刚认识的!

魏瑶绝不能就这样悄无声息地接受张起航的白糖。就在第二天,在那个早上刚出门遇见张起航的时间里,她故意慢腾腾地走在上班的路上，她希望见到张起航。她要跟他说明白，或者是警告他，别再到她家里去了，更不能再送什么东西，甚至要跟他定下退还白糖的时间。

可是，没等到。

令魏瑶生气的是，就在这天晚上下班后，她母亲又告诉她说，那个小伙子下午又来了，这次送的是两包茶叶、两瓶酒，还有两条五花肉。还说，那小伙子看着挺有钱的，听他说话的口气和样子，好像和你已经是很好的朋友了。

不是！根本就不是什么朋友！听了母亲学的这番经过，魏瑶就急了。这要是放在以往，魏瑶敢用这种口气跟母亲说话，兴许脸上早就挨拧了。虽说自打魏瑶工作后，母亲除了骂骂咧咧很少动手打人了，但真急眼的时候，该动手还是要动手的。

可这次竟例外了。母亲说话的口气比往常柔软了很多，深陷在眼眶里的眼珠也温和了很多。她凑近魏瑶不紧不慢地说，你急什么？你还没听我把话说完呢！母亲顿了一顿，似乎在提示着下句话的重要性。

这小伙子这次来，跟我唠了好多，他的家可是上等的哟，家里独苗就他一个，老妈在街道办事处上班，老爸是工商局的大局长！

魏瑶母亲说到这儿，用力拍了一下魏瑶的胳臂，强调着，听见没？她爸可是工商局局长！我刚见他的时候，就觉得他家是有钱的人家，现在满大街，有几个骑凤凰自行车的呀！再看看他给咱家拿的这些东西,这有的可是凭票或排大队才能买到的呀!他家还是住的楼房呢,当然了,他可不是上赶着说的这些,这都是我套出来的。但是,他可是上赶着要和你处对象呢。他已经跟我明说了,如果你能同意,他们家和咱们家就是亲家,往后无论咱家有啥困难,他们都会帮助咱们的。别忘了,你还有三个弟弟呢,这往后,用着他爸的地方多着呢!就这条件,不知要比咱们普通人家好多少倍呢!这可是打着灯笼都难找的主儿,你要是真和他处上了对象,还真算你有本事!虽说他有点结巴,个头又矮,可模样能当饭吃,还是能当衣服穿?一个男人,只要有钱、条件好,能把日子过富裕了,就是好样的。俗话说:嫁汉嫁汉,就是为了穿衣吃饭。我看这小伙子不错,你就别拿架儿了!

母亲说到这里,一直很少说话只是偎在小屋一味地鼓捣二胡的父亲,也一拐一拐地走进大屋。看着一直埋着头沉默不语的魏瑶,他就和他那战争不断的老婆子,又一次结成同盟,俩人一唱一和地对着魏瑶"劝降"。

魏瑶的父亲放下拐杖,一边点燃一支香烟,一边开门见山地对魏瑶说,我看这小子对你挺有诚意,家境又好,你跟了他受不了什么屈。他爸又是官儿,以后,就是你们有了孩子,孩子都跟着享福。这可是还涉及下一代呢!姑娘大了,都是要嫁男人的。男人就是女人的靠山,男人要是啥也不是,家里穷得叮当山响,长得再好又能咋地?

还没等魏瑶的父亲把话说完,魏瑶母亲就霍地站了起来,就像自己的哪根神经被针给狠狠地刺了似的,她大着嗓门直冲魏瑶的父亲吼道,可不是,这话可让你给说着了,就说你吧,狗屁不是,才把家过成这德行!你要是有能耐,我能在家属队整天翻沙子?咱家还能住这个三不管的穷地方?

放屁,说孩子的事,你扯我干啥?那你不看看你啥模样,像个母夜叉似的,我能收了你,算你走了狗屎运!都说家过得好不好,全在女人。旺夫的女人,家才过得好,像你这倒霉的样子,家也就只能过成这个日子了!

你那个熊样好哇?你才是倒霉的德行!整天拉那二胡,像吊丧似的!

你再说一个吊丧?你个丑夜叉!就你这张破嘴咒得我才差点丧了命,你个欠削的玩意儿。

吵着吵着,魏瑶的父母就又打了起来,父亲抄起手杖就朝母亲抡过去,母亲一躲,这一拐杖就结结实实抡到了魏瑶的腿上,魏瑶痛得"啊"地大叫一声。

魏瑶的这声大叫,像猝然间炸响的闷雷,她是用尽了所有的力量从心底喊出来的。她是借助这钻心的疼痛,呐喊出积聚在心底无尽的压抑和郁闷,她也只有借助这疼痛的呐喊,才敢这样冲着父母大声叫喊。也的确,这时的父母就任由着魏瑶怒目圆睁地叫喊着。因为,父亲的手杖落错了地方,因为母亲的躲闪让魏瑶错受了皮肉之苦。

看着僵持在那里的父母,魏瑶眼里含着泪花,忍着腿上的疼痛,一瘸一拐地跑出了家门。

魏瑶跑到一个废弃的铁路桥边,倚在一棵大树上,呜呜地哭了起来。她觉得自己就像茫茫大海上,一只没有了帆、没有了桨的小船,任凭风浪摧残着。她真是想立刻离开这个家,而眼前倒是有了可以离开的由头,那就是张起航。

可是,一想到张起航那个样子,魏瑶的情绪又有些低落。她在心里默默地想过:如果张起航的样子,能够好一点点,哪怕是高于自己一点点,就是自己啥也不要也跟他走,跟他结婚。

一阵风刮过来,带着不远处垃圾堆的怪味儿,就在这臭烘烘的气味中,魏瑶耳旁又响起了母亲的话:嫁汉嫁汉,就是为了穿衣吃饭。

紧跟着,又响起了父亲的话:他爸又是官儿,以后,就是你们有了孩子,孩子都跟着享福。这可是还涉及下一代呢!姑娘大了,是要嫁男人的。男人就是女人的靠山,要是男人啥也不是,家里穷得叮当山响,长得再好又能咋的?

是呀,好的家庭,好的条件,过得就能舒坦一些。至少,不会再住在这里。

想到这些,魏瑶就想明天去张起航的单位找他去。既然路上总也碰不到,她只好去他单位找他了。

可是,张起航的猛攻火力,再一次让魏瑶措手不及。还没等到第二天,张起航又赶在魏瑶还在单位的时间里去了她家,依然不空手。这次送的是两听麦乳精、一袋带包装的香肠,还有大蒲扇似的一挂香蕉。那时，北方才刚刚见到这种南方的水果，贵得出奇，大部分小孩子，还都不知道是扒皮吃还是带皮吃。

魏瑶的父母对来过三次的张起航小心翼翼笑容可掬。每当看到张起航手里拎的东西，魏瑶母亲的心，就欢喜着、滋润着、兴奋着。在张起航面前，无论两口子心里怎样较劲，怎样战火燃烧，哪怕是刚刚大打出手，这会儿脸上都绝对会最大限度地掩饰住。魏瑶的母亲甚至还要留张起航在家吃饭。但张起航是绝不会留下来的，他一定要赶在魏瑶下班前离开她家。在魏瑶那儿打不开缺口，就先从她父母这里下手。只要她父母这关过了，魏瑶那就会不攻自破了。特别是张起航看到魏瑶的家境和她父母对待物质的那份渴求和迷恋时，就更是胸有成竹了。他以家庭的强项，弥补着他自身的欠缺。强大的自信，已经让他感到自己离成功不远了！

下班回家，魏瑶看到母亲温和畅快的面孔，就猜到准是张起航又来了。果然，她在地桌上看到了花花绿绿的高档礼品。

对于每一次张起航送来的东西，母亲都不会及时收纳起来，而是放在明眼处。好像这些东西一下子让她的家里蓬荜生辉似的。

往往在张起航送过东西离开之后，魏瑶母亲总会找些什么借口，让左邻右舍到她家去，让他们看到这些稀少抢手的东西。让这些东西，在邻居们的艳羡中，一下子提升他们家的档次。

因为有了这些与魏瑶相关的东西，这就让母亲忽然对魏瑶有了好脸色。但魏瑶的脸色却好不起来，特别是当她看到父亲和母亲抽着张起航送的烟，喝着张起航送的酒，还有弟弟们狼吞虎咽吃着张起航拿来的腊肉和香肠的时候，魏瑶就觉得自己变成了一个被人用来交换的物件，心里很不是滋味。她想：绝不能再容张起航这样下去了，明天一定去他单位找他。可是，还没等魏瑶去张起航的单位，张起航又先她一步到魏瑶的单位。这着实出乎魏瑶所料。

下班时魏瑶走出单位大门，就远远地看到了张起航。张起航很有眼色地没当着魏瑶工友的面与她打招呼，而是一定距离地尾随着魏瑶，当下班的人们各自都散去了后，张起航才小跑着撵了上来。

魏瑶前后左右看看没有单位的熟人了，才慢下脚步。如此这般地说了好多责问的话，说他不该擅自到她家里，不该在她不知情下往家送东西，不该违背她的意愿跟父母说是她的朋友等等。

张起航耐心地听完魏瑶的一番数落后，淡定自如地说，在这大街上不好说话，有的话，也不是几句就说完的，正好也中午了，咱们顺便去前面那家向阳饭店吃点饭，边吃，边说吧。张起航为了减轻些口吃的毛病，就放慢了说话的语速，那拉长了的音节，有点像吟唱歌谣似的。

不用，还是边走边说吧。魏瑶拒绝着。

张起航就笑着说，那你不怕被熟人看见。看你刚出大门看见我的样子，可是很怕熟人看见的呀！

魏瑶无奈地四处瞅瞅，看见了道旁有一个酱油厂，恰好酱油厂和一个粮油加工厂相邻夹成一个S形甬道，甬道很悠长，既清静，又不背，魏瑶就率先朝那走去。

走在甬道中间处魏瑶停住脚步。她回过身，很严肃地看着张起航，我的话已经说完了，就是以后，你别再上我家了，更别再送东西。你有什么话，还是当着我的面说清楚吧！

张起航清了两下嗓子，镇静了一下自己，压抑着口吃的毛病，仍然像吟唱歌谣似的说，我知道，你不会喜欢我的，可我喜欢上你了。从外在上，我配不上你，可在其他方面，我都能弥补。上了你家后，我一眼就看出，你家挺困难。只要你跟我好了，我们家会帮助你家的。

张起航换了一个站立的姿势，接着说道，最主要的是，我可以利用我爸的关系，给你调换一个好的工作。难道，你就愿意在工地，一直干零杂工啊！

不住地看着手表，漫不经心地听张起航说话的魏瑶，听最后的一句话，才抬眼看了看说得口干舌燥的张起航。那一刻，她的心就像平静的湖面突然被人扔进了一个石块一样，泛起了层层涟漪。这涟漪直漾得她的嗓子眼痒痒的，她突然感到了渴，也感到了饿。

你不说要去向阳饭店吃饭吗？那咱就去那吧。不过说好了，我付钱。你给我们家送过那么多的东西了，请你吃顿饭，也远远不够还的呢!

魏瑶想不到自己怎么会转变得这样快。刚才张起航要请她,她丝毫都没有去的意思,可现在自己却主动要请他吃饭。难道真是为了还他个人情,为了他送的那些东西吗?

魏瑶没有心思去分辨这些了,她已经迈开了脚步。张起航紧随其后。进了向阳饭店。魏瑶也没问张起航想吃什么,就自己按着黑板上的食谱和价格,点了两样菜,尖椒干豆腐和芹菜炒粉条,还有一碗鸡蛋西红柿汤。

虽然魏瑶每月的工资都如数上交母亲,但一个上了班的大姑娘,兜里总空空的,多磕碜啊。为了自己能有个零花钱,魏瑶在工地干活时,见着可以到废品收购站卖钱的东西,她都捡了收集在一起,存放在一个不显眼的地方,然后,积攒到一定的数量,就卖给废品收购站。卖过几次之后,魏瑶就和废品收购站的人熟悉了,那里的人也知道她在工地上班,有不断卖出的废品,为了拉住这个主顾,就对魏瑶说,以后你就别往这跑了,我们隔一段时间去你那收吧。魏瑶当然求之不得,所以,每隔一段时间,魏瑶都能用积攒的废品,换回几张皱皱巴巴的票子。

她从来不舍得动用自己这私密的"小金库",无论那件她看好的湖蓝色的的确良衬衫怎样地诱惑她,她都是紧紧攥着手里的钱不肯掏出衣兜,只能是一连好几天路过那家商店时,进去看看,过过眼瘾。

可这会儿,她竟不假思索地动用了这钱请张起航吃饭,并且，还有言在先，必须是她付钱。

不一会儿饭菜都上来了，虽然样少，可量码却挺大，两大盘子上冒尖儿。张起航透过那碗西红柿鸡蛋汤翻腾出的袅袅热气看着魏瑶。魏瑶拿起筷子递给他，一副东道主的样子说，吃吧，没啥太好的，就是便饭，咱们边吃边唠吧。

张起航当然知道魏瑶所说的"边吃边唠"的主题是什么，他更知道魏瑶能请他吃饭，主要缘于什么。他自信这顿饭后，一定会有一个他想要的结果。面对魏瑶的家境和她父母对他的巴结态度，张起航已经胸有成竹，至于魏瑶这里，也眼见着只差一步之遥了。张起航坚信，凭他家优越的条件，一定会完全拿下魏瑶。

魏瑶请他吃饭，张起航更觉得稳操胜券了。他无论如何不会认为这顿饭，是魏瑶还他的人情的。

也就是在这顿魏瑶请的便饭中，在他们的"边吃边唠"里，张起航甩出了那张王牌：承诺通过他父亲的关系，调换魏瑶的工作。并且，还附带着好多好多诱人的条件。

如果说魏瑶对于张起航承诺的那么多条件都无动于衷的话，那么，对于她工作的调转，倒的确是一块压得住她心里天平的无与伦比的砝码。她怎么会甘心自己一个水灵灵的大姑娘，一辈子在工地上干这些灰头土脸的工作呢？

当魏瑶想到这儿的时候，耳旁又响起父母"劝降"的那番话。虽然她知道，父母是想借助她改变一下家境，也给弟弟们找一条出路，可细想，也的确会让自己过上好日子。母亲的那句"嫁汉嫁汉，就为穿衣吃饭"的论调，也的确很现实。女人终归要嫁人的，要生孩子要过日子的，那何不嫁个条件好的呢？

那顿饭，魏瑶就是在这番思想的碰撞中，在耳旁时时响起的父母的话语里，委婉地表明了自己的态度，那就是一定要先把她的工作调转成了后，俩人再结婚。

谈到这个分儿上，魏瑶自己都感到吃惊，本来是想回绝张起航的她，怎么会就这样一百八十度大转弯地答应了呢？是缘于她工作的调换？或者是她想尽快逃脱那令人窒息、冷漠、毫无温暖的家？也许都有吧？

那顿饭，无论魏瑶怎样争执，还是张起航买了单。别说是这样简单的饭菜，就是大饭店里点一顿大餐，他也会心甘情愿付账的。

进饭店时，他们是一前一后进来的，离开饭店时，是相互搀挽着走的。当然，这不是亲昵和爱意上的搀挽，而是挨了父亲手杖的魏瑶，这会儿大腿还在疼痛，火辣辣的，像是被一块火炭烧灼了似的。

张起航当然不知道原委，只是看见离座后的魏瑶竟一瘸一拐的，就很奇怪地问怎么了，魏瑶当然不能如实回答，就说在家干活不小心碰撞的。张起航没有细品这"缘由"，倒是很悉心地体味着搀挽着魏瑶的感觉，这可是他梦寐以求的愿望。

那时节正是春末夏初，魏瑶那单薄的衣衫布裤，让张起航充分感受到魏瑶那坚实、富有弹性的玉体的曼妙之处。不知是看到魏瑶那行走艰难的样子，还是为了能更大限度地体味姑娘身体的温润和馨香，虽然他矮着魏瑶半头，但丝毫没有减弱他作为一个男人的力度。他直挺着腰，一只手臂揽着魏瑶的腰，一只手臂横过魏瑶的肩头握着她的手，俩人就这样慢慢走着。

这时，张起航不但不觉得自己有什么身体上的压力，倒希望这条甬道能够长些，再长些。让他能够更多地体味姑娘身体带给他触觉上的愉悦。

魏瑶唯一的感觉就是张起航给了她一份依靠。这份依靠让她心里有点踏实、有点温暖、有点感动。她忽然想到了自己的头被弟弟砸破后母亲说的话。魏瑶就不由自主地更紧密地把自己身体的重量，靠在了张起航的身上。

不过走出甬道后，魏瑶就像避嫌似的挣脱张起航的搀扶。可是张起航却越加用力地挽着她，关切地对她说，你这个样子怎么能上班呢，我还是驮你回家吧。那天，张起航恰好骑的是摩托车。

魏瑶摆着头，坚决地说，不用，我要上班！没事的。无论如何，魏瑶是不会也不愿意回家的。如果让她回家，就好比在她的伤口上再撒上盐一样。当然，她也不愿意耽误工作。从打她上班，就从没请过假。单位对于她，就好比是逃出牢笼后飞进的大山。为了自由她愿意在大山里经受风吹雨淋、寒来暑往。

见魏瑶执意要上班，张起航就把她扶到摩托车后座上，要送她去单位。这次魏瑶没有拒绝。那时,她就感到自己好比一枚长在树枝上的树叶,既然长出来了,就不愿意随便掉下来,不愿意飘到阴冷的地方了。也就是从这一天开始,魏瑶和张起航就算进入正式的恋爱阶段。

那天张起航把魏瑶送到工地后,晚上要下班的时候,又把魏瑶送回家里。当魏瑶的父母看到张起航搀扶着魏瑶双双走进家门的时候,很是惊讶。他们绝对没有想到魏瑶会这么快就接受了张起航。他们倒是更希望看到张起航一个人,提着什么东西独自到他们家里拜访。

魏瑶的母亲如此这般地思忖着,面上的笑容就比往常淡了许多。特别当她看到张起航带来的东西,听到张起航说出的话,整个脸就像暴晒后的茄子皮一样干瘪、灰败。

张起航这次带来的东西,除了一堆跌打损伤的药膏,再就是几根大棒骨。说是给魏瑶买的,对跌打损伤有好处。

提到跌打损伤,魏瑶的母亲冲着魏瑶和张起航不解地问,干吗买这个,什么跌打损伤?一旁的魏瑶的父亲,狠狠地剜了魏瑶母亲一眼,要不是碍于张起航在这里,他说不准又会破口大骂。经魏瑶父亲这一剜,魏瑶母亲才想起魏瑶替她挨了那一拐杖,恍然大悟地"哦"了一声。

仅仅就是这"哦"的一声,再就没什么话语了。这一声淡淡的、平平的"哦",让魏瑶再次感到钻心的痛。

张起航送的膏药,完全是用在了魏瑶的腿上。但他送的那些大棒骨，却没有如张起航想象那样炜给魏瑶吃，而是被她母亲拿着当下奶的礼物给刚刚生了孩子的侄女送去了。就留下一根儿，也是炖了满满一大锅酸菜全家人吃了。魏瑶的心，像插进了冰窟窿里的温度计，一下子冷到了冰点。

从打张起航送魏瑶回家这晚开始，每天早上，张起航都很准时地把摩托车开到魏瑶家门口，然后送她去单位。每天中午，张起航都会把亲手做好的饭菜送到魏瑶工地上。魏瑶再也不用去食堂吃大锅炖的白菜豆腐汤了，而是吃令工友极其羡慕的各种能带着点肉片的炒菜和雪白的大米饭。平时跟魏瑶能够多搭讪几句，或者接触比较近的几个姐妹，也都更加跟魏瑶套起近乎，一到午餐的时候，总愿意跟魏瑶聚一起吃饭，这样，大方的魏瑶就会让她们也跟着品尝张起航送的饭菜。就是在魏瑶的腿痛完全好了之后，张起航还是雷打不动地天天如此。这就让魏瑶在张起航那里，得到了她从小到大从未有过的关心和呵护。

这，就是爱了吧？魏瑶幸福地想。

看到别人羡慕的目光，看到张起航每天骑着幸福摩托一副颇有派头来工地的样子，魏瑶也就满口对象对象地对工友这样称呼起张起航。当有人问起张起航的背景时，魏瑶更是自豪地告诉大家，他父亲是工商局局长，家里住二层小楼，他又是独子。虽然张起航外在上都不如魏瑶，但就凭这几样条件，还没有哪一个说张起航配不上魏瑶的。

当张起航稳操胜券，觉得跟魏瑶的事板上钉钉了之后，就把魏瑶领到了家里让父母过目。他父母看到儿子找了这样一个高壮、长相也不错的姑娘,打心眼儿里欢喜,所以,时不时在魏瑶休息的时候,让张起航将她带到家里吃顿饭。

就这样,张起航去魏瑶家的次数就少了许多。

这种情形没持续多少日子,就被魏瑶母亲生生给打破了。她可不能容忍魏瑶把时间都用在处对象上,家里大把大把的家务活还要等魏瑶干呢。更不想他们因为相处温度的增加,而冷落了自己。

在魏瑶坚决不同意和张起航处对象时,魏瑶父母百般规劝,希望魏瑶能够同意。可当魏瑶真的和张起航处上对象之后,魏瑶的母亲又酸溜溜地觉得不是滋味了,感觉着就像自己亲手栽的大树突然间就要被别人伐走了似的。她希望能够在这棵大树上,摘下更多的果实。可是刚刚尝到点甜头,就要被人连根挖走,她就觉得很吃亏,很沮丧、很气闷。

就在张起航送魏瑶回家的一天晚上,魏瑶的母亲竟当着张起航的面,不咸不淡地对魏瑶说,我们从小把你养这么大,可不容易。你是老大,你爸的班又给你接了,你身下还有弟弟,你咋也得为这个家分担着。可不能扛着这个班儿,不管不顾地一拍屁股嫁人走了。

张起航当然知道魏瑶母亲的这番话,不单是说给魏瑶听的。于是,他马上接过话茬说:婶儿,我们不会不管家里的。我已经跟魏瑶说过了,以后,我们成了一家人,家里无论有什么事、什么困难,我们家都会鼎力相助的,婶,你就放心吧!

针对魏瑶母亲的那番话,张起航的回答也是有两层意思的,既说明了他和魏瑶俩人不会忘了家里,也表示着有父亲做后盾的他们家,会给魏瑶家帮助的。

听了张起航这番话,魏瑶母亲那紧绷的脸,才像被雨水浸润后的干树叶,逐渐有了点"绿意"。她觉得,只要魏瑶这棵树,不被连根拔走,有绿荫可乘、有果实可摘,她就心满意足了。

也就在这天晚上,魏瑶母亲第一次留张起航在家里吃了饭。做的是炝汤面条,炸点肉酱。在她犹豫了一番后,在炝汤面条里打了几个荷包蛋。张起航端起饭碗吃下这第一顿饭的时候,也就吃进去了永远不会随着食物消化的蔑视和自大。尽管,他长得并不高大。

为了顺利不受阻挡地娶到魏瑶,张起航依旧时不时地买些什么吃喝或拿些什么东西来填充魏瑶母亲的物欲之坑。特别是休息日他要单独约魏瑶出去时,更是要弄一些能够让魏瑶母亲眉开眼笑的东西,以换取他们轻松自由的约会时间。

对于这样的情形,张起航并不愿意不限日期地延续。他的目的,就是得到魏瑶,就是快点和魏瑶结婚。

虽说相处有几个月了,可魏瑶仍旧说不出自己喜欢张起航什么、爱他什么。特别是听到他因口吃而用歌谣似的语调说话时,心里就特别不舒服。但无论怎样,从打有了张起航,枯燥晦暗的生活里,毕竟有了一抹色彩,多了一点希望,心里也有了一份温暖的支撑。也许正因为张起航的外在远远不如自己，也就让魏瑶感到了一份踏实和淡定。

魏瑶对于张起航，可就不同了。每当看到魏瑶，张起航就会心旌摇曳。他喜欢魏瑶健硕的身体，喜欢她作为女性很突出的第二性征。魏瑶身上散发的那种令他陶醉的气息，让他沉迷。特别是当他终于有一天能够拉起魏瑶的手时，更是难以压抑身体里的原始冲动。

张起航可不想把风筝的线放得太长了，尽管他知道，线已经牢固地掌握在手中了，但以往两次恋爱失败的经历，时不时地告诫他，该出手时就出手，以免夜长梦多。他要收线了，他要得到魏瑶。

于是，在夏末一个周日的午后，张起航约了魏瑶，带她去了风景秀丽的青山湖。这里离市区30公里。为了增加魏瑶对自己的好感，张起航还刻意开上了他父亲的小轿车。

从他们相处以来，魏瑶还是第一次看到张起航开车。以往，张起航都是骑着摩托带她去这去那。而今天她竟很神气地坐在了轿车的副驾驶座上。魏瑶时不时地侧目看一眼张起航，看着他娴熟驾车的神态和样子，突然间就对张起航的感觉发生了巨大的改变。在这个特定环境和氛围中，张起航竟让魏瑶有了那么一点喜欢和敬慕。就觉得这个时候，张起航若是再拉起她的手，自己就不会像以往那样厌烦和排斥了。相反，她倒希望张起航那只握着方向盘的手，能够越过轿车的中间，握住她的手。她一定会很温顺地任他握着，任他在手心里，辗转着、抚摸着、轻揉着。

30公里的路程，魏瑶感觉很快就到了。她真希望那条通往乡野的公路，无限地延长下去，她看不够车窗外移动的山水、树木、庄稼；闻不够透过半敞开的车窗飘进来的泥土和植物的清香。她更是愿意在行驶于蓝天白云下的轿车里，悉心体味张起航传递给她的全新的感受。可是，30公里的路，竟是那样快地就走完了。

这是一个开阔而又静谧的自然景区。青山碧水间，隐约可见帆船点点，人影绰绰。满目的郁绿，夹裹着植物的芳香，撩人心脾。这里有成片的绿荫，有绒毡似的草坪，有形状各异的石砬子，不远处还有从山涧传出的哗哗水声。

这个地方叫黄牛山，俩人沿着曲曲折折的石板小路拾级而上。越往上走树木越稠密，遮天蔽日，仿佛走进了另一个世界。厚厚的野草枯叶顶在脚板上，叫人舒服得直想驻足不前，山风透过树枝间的缝隙，伸出婴儿一般的小手，轻轻地抚摸着俩人的脸颊。忽然间，一处山洞映入眼帘，张起航随即喊道，这里就是悬阳洞！看到四周一个游人都没有，张起航一扫之前的疲惫。真是天助我也！他磕磕巴巴地说，魏瑶，我给你讲个悬阳洞的故事吧？

魏瑶一脸期待地望着张起航，说：悬阳洞的故事？好哇！

有一年夏天，万喜良和新婚妻子孟姜女经过悬阳洞，看到风景美丽，特别高兴，万喜良就拉着孟姜女的手一起走进了这个山洞。

说到这里,张起航真的拉起了魏瑶的手往山洞里面走。山洞好像很深,越走越黑,闷得人简直喘不过气来。张起航停下脚步。黑暗中,魏瑶几乎是把张起航紧紧抱在怀里,不停地颤抖着。也不知道是想驱赶黑暗,还是真的想听故事,魏瑶不断催促着张起航,说呀,后来呢?

张起航却在心里暗笑,刻意在黑暗中多停留了一会儿,才重新拉起魏瑶往山洞深处走。到了最狭窄处,张起航提醒魏瑶,小心别碰到头,然后俩人猫腰通过,进入另一个更窄小的洞中洞里。只听得啪啪两声响,张起航把小石子投向洞顶。魏瑶循声望去,眼前豁然开朗,山洞顶部两个像天窗一样的洞口里蓝天白云依稀可见,把眼前的路照得亮亮堂堂的。看到魏瑶一脸惊讶的样子,张起航才继续讲起他的故事。

万喜良用巨石在山顶砸开两个天眼,为了驱赶黑暗,更是为了爱……

说到这里,张起航突然停下来。魏瑶扭头看向张起航,却从他那目光中看到了一片灼热。魏瑶突然明白了他讲这个故事的意思,这是借万喜良和孟姜女的故事表达心声啊。魏瑶也是在这个古城里长大的,自然知道一些悬阳洞的传说。这个美丽的传说原本说的是铁拐李与何仙姑的,现在张起航把故事的主角都给换了。既然如此,她也愿意配合张起航扮演好另外一个角色。

魏瑶从头上摘下那个带有荷花图案的发卡,紧走几步,把发卡投向一侧石壁，发卡落下处，有泉水涓涓而下。魏瑶指着石壁上依稀可辨的"情泉长涌"四个字，微笑着说，这只能是叫孟姜女的女子所为了吧？

张起航使劲伸直了短粗的胳膊，非常费劲地把魏瑶举过了头顶。他知道，是时候了！

看魏瑶目光放在别处，张起航赶紧从包里拿出一小瓶药水，喝进嘴里，心里说：不能再犯傻了。自从那位叫慧莲的女人走后，这个东西他不知喝了多少瓶，今天是检验效果的最佳时候了。

他拉着魏瑶的手，顺着一条羊肠小道儿，向丛林深处走去。魏瑶挽着张起航，并肩相依地走在洒满绿荫的毛毛道儿上。这是从打他们处上对象以来，魏瑶第一次能够这样主动、这样亲昵地挽着张起航。张起航也真正感受到了魏瑶传递给他的那份温柔和暖意。张起航只能用温柔和暖意来界定，因为他深知魏瑶并不会打从心底真的爱他。她是出于家境、出于无奈、出于他许下的诺言。

的确，对于魏瑶来说，最重要的就是张起航的诺言。那诺言就是要调转魏瑶的工作，并且是一个风吹不着、雨淋不着的能体面地坐在办公室里的工作。

魏瑶的脸始终像明媚的阳光那样灿烂，随着照相机摁下快门的咔咔声，她的影像就一张张地留在了胶片里。他们走走照照，照照走走，一个胶卷就照完了，张起航就又从挎包里拿出一个胶卷。卸装胶卷是需要暗处避光的，恰好在他们眼前有一个凹洞。凹洞很浅，长度、宽度和高度，都两米左右，不用放眼，视野就被截断面阻隔住了。所以，称不上山洞。这个凹洞，就像大山惺忪中睁开的一只眼睛，似乎很有些含义和内容地注视着眼前的这对恋人。

张起航绝对是读懂了这只"眼睛"的含义。这含义触动着他的欲望，难耐的情欲，让他不由得扯着魏瑶就进到了里面。

里面居然很干爽，有几块码落整齐的石块，地上还有铺就的干草。再仔细瞧瞧，还有两个旱烟的烟蒂，他就断定，这里曾来过庄户人。转过这个凹洞，就是一片庄稼地，山后就是被大山环绕的村庄。山风中，隐约听得到鸡鸣狗吠，间或还能听得到人的语声和笑声。

尽管凹洞里是昏暗的，但张起航给相机换胶卷时，还是示意魏瑶靠近些，以便再遮挡住一些余光，说是换胶卷时怕曝光。魏瑶就靠拢着张起航，双手环成弧状，在黑暗处，张起航麻利地换下了胶卷儿。

胶卷换完了，但靠拢在一起的两个人却没有分开。张起航不容魏瑶醒过神来，一把就把她搂在了怀里。他喘着粗气，嘴唇就在魏瑶的脸上狂吻起来。

对于张起航这突如其来的举动，魏瑶没有多少吃惊，不知是预料之中，还是心之所向。她健硕丰满的身体，竟软绵绵地瘫倒在比自己矮半头的张起航怀里。

就这样，在这凹洞里，在如此的意念中，魏瑶就懵懵懂懂地成了张起航的女人。

在魏瑶成为张起航的女人之后，张起航却迟迟不给她办理调转工作的事。他想放足了诱饵，再放长线，待感觉有鱼上钩的时候再收线。

张起航想的"鱼"，是自己的"种子"能够在魏瑶的肚子里生根发芽，他觉得，只有到那个时候，他才可以满足魏瑶的要求。那时她不仅是自己的女人，也是自己孩子的母亲，他和魏瑶才算真正黏合成一个整体了。

魏瑶还真是如张起航所愿，为了验明正身，张起航和母亲亲自带着魏瑶去一趟医院，结果当然是可喜可贺的。张起航像是范进中举似的，笑得合不拢嘴。

张起航父母更是大喜过望，当魏瑶再次提出调动工作时，张父立刻就答应了，并以最快的速度完成了魏瑶的工作调转。

魏瑶是在单位领导和同事羡慕的目光中离开工程现场的。那时，她已经感到了隐隐的胎动，妊娠反应让她还伴着阵阵的恶心，但这一切，还是被调动工作的兴奋和自豪给掩盖住了。她是昂首挺胸走出那个到处都是钢筋水泥、砖瓦木楞、建筑器械的工地的。她被调转到了市曙光建筑公司材料室，令她欣慰的是，竟然和好朋友发小紫馨到了一个单位。

让魏瑶感到大惑不解的是，在自己成为张起航的女人，并且成功怀孕之后，张起航对她就再不是之前的情形了，不再是温存有加,而是漠然平淡了。矮魏瑶半头的张起航,竟好像一下子高大了,好像高得要令魏瑶仰视了。张起航也不再去魏瑶父母那里讨好送东西了,他觉得此刻的魏瑶不再是带线的风筝,而是变成一只煮熟的鸭子,想跑也跑不了了。一想到魏瑶母亲当初对自己的态度和做法,张起航就更是拿起了架子,心想:这回该叫你们着急了。

当魏瑶母亲得知魏瑶怀孕以后破口大骂,骂得难听至极,骂得气急败坏,让魏瑶恨不能找个地缝儿钻进去。想到自己早晚都得嫁给张起航,魏瑶索性就不回家了,干脆住到了张起航家的二层小楼里。耳不听,心不烦。这可就让魏瑶母亲暴跳如雷了,她怎么会甘心自己养大的一个黄花大姑娘,就这样白白被张起航弄到了手呢!再说,还没结婚,没过门儿的姑娘家肚子一天天鼓起来,让自己的脸往哪搁呀?

她恨起张起航,想揪住他狠狠地撕扯他、抓挠他,甚至咬下一块肉,才能一解心头之恨。可是,魏瑶的母亲也只能这样在心里发泄发泄而已,她哪还敢像当初那样对现在的张起航啊!现在,她唯恐张起航变卦不要魏瑶了,更是害怕丢了果实再丢掉果树,她还指望着能在魏瑶这片树荫下乘凉呢。而能够让这棵树枝繁叶茂的,就是张起航,不,是张起航那有能耐的老爸。所以,魏瑶的母亲无论心里怎样的讨厌怨恨张起航,面上都得装出比原来更亲近、更欢喜的样子。

至于魏瑶的父亲,除了热衷于拉二胡,偶尔也会出去看看小牌儿，对家里的大事小情不闻不问。就连魏瑶怀孕不回家了，他似乎也不疼不痒的。每当魏瑶的母亲数落大骂的时候，他就一拍屁股，嘴里扔下一句，你能养出什么好崽儿来！拿起二胡离开房间了。

魏瑶老是不回家，让魏瑶的母亲无比气闷和挫败，觉得家里的大梁好像断了一样，她肚子里积攒着一大堆责骂魏瑶的话，却因为见不到魏瑶本人无从发泄，而憋得异常难受。就好像不住打压的气球，随时都有可能爆裂。好几次她想到魏瑶单位找她，可想到魏瑶已见鼓的肚子，实在让她觉得丢人现眼。老是这么拖着，也不是个事儿，她就只好请与魏瑶同单位的紫馨，给魏瑶捎信儿让她回家。

其实，魏瑶母亲知道，催促魏瑶是没用的，关键是张起航。她实在弄不清刚开始那样急于追求魏瑶想和她结婚的张起航，为何现在竟不提不念了。若不是她主动捎信儿让他来家里吃饭，恐怕张起航连家门都懒得进。张起航越是这样，魏瑶母亲就越像是热锅上的蚂蚁。现在是轮到她主动上赶子了。

魏瑶每次回来，张起航大多都是跟着一起回来。路上走到坑坑洼洼的地方，他都要搀扶一下魏瑶，嘴里总是嘟囔着，小心点，别颠着我儿子。魏瑶心里明白，现在张起航对她的关心，都是因为她肚子里的孩子。就连张起航的母亲，她的准婆婆，每次给魏瑶买些什么好吃的，第一句话也都是，给我大孙子补补。魏瑶就好像是一部机器了，他们只不过是通过给这个机器加点油，再把一切爱抚和关心输送到她肚子里的孩子身上。

张起航跟着魏瑶一起回家，极为吝啬的魏母总算"大出血"，买点猪肉，炒了两个肉菜，借着吃饭的工夫，和颜悦色地催促张起航尽早操办婚事。张起航却显得漫不经心，一边四平八稳地夹菜，一边用歌谣似的语调说，着什么急呀？你不是希望魏瑶能常留在家里吗？反正孩子也不耽误，在肚子里长着。张起航说出这番话的时候，心里别提多痛快了，想想以往魏瑶母亲对他的态度和做法，就觉得现在这样对待她，是最好的"回敬"。

张起航的这番话，让本来就一肚子火气的魏瑶母亲，更是气不打一处来了，她真想冲过去狠狠地掴张起航几个耳光，什么东西！装什么装？可骂人的话刚冲到了嘴边，又被她生生咽了下去，她又紧咬着嘴唇，心底的怒火烧红了她的脸。她知道，如果现在跟张起航闹僵了，结怨了，那么自己可是竹篮打水一场空了，张家白白捡了人不说，往后，跟他们家可就一点光儿都沾不上了。那不是赔了夫人又折兵了吗？

魏母本想把一肚子的怨气撒在魏瑶身上，可现在不同往日。因为她大着肚子，因为有张起航在身边，因为肚子里是他的种，如果这时要是让魏瑶受到责骂动了胎气，那别说张起航，就是整个张家，都不会放过她。魏瑶母亲一想到这些，只好把无法压抑的怒火转移到魏瑶父亲身上。她破口大骂自己老头子窝囊废、啥也不是，骂他是个整天吱吱嘎嘎拉破二胡的丧门星。魏瑶父亲知道自己这疯婆子是借他撒气，是杀鸡给猴看，也就半真半假地与她顶撞着。

　　这个时候的张起航，却能不动声色地一直静静地坐在那里。好像这一切，他一点没听到也没看到。

　　魏瑶虽然对母亲心存不满，可是看到张起航对父母这样漠视，心里还很不是滋味，她就充满埋怨地盯着张起航，她这一"盯"，张起航就梗起脖子，大瞪着眼珠说，咋？就这一个字，就把魏瑶刚刚还有的"锐气"给抹杀了。

　　魏瑶自己也说不清楚自己为啥竟害怕起了张起航。是因为他破了自己的身子有了孩子，怕惹烦了他不要自己，还是怕以后自己家借不上他们家什么光，还是变得判若两人的张起航身上有了一种什么震慑力？

　　无论怎样，魏瑶每次回家，张起航还是从不空手。张起航的父母也时不时地让回娘家的魏瑶，给父母带些什么吃的或用的东西。可越是这样魏瑶越感到自己卑微，感到自己包括娘家，都处在张家人的蔑视和施舍中。而这一切，都源于自己肚子里有了张家的种，这一切，都源于自己已经是张起航的女人了。自己的身体，是换得这一切的根本。

　　魏瑶母亲的想法就现实多了，她觉得现在接受张家什么东西，都是应该应分，理所应当。她就想：一个水灵灵的黄花大姑娘都舍了出去，肚子里又有了你们张家的种，他们不管怎么做，都弥补不了自己的"损失"。魏瑶的母亲的确一直认为离开了家的魏瑶、破身给了张起航的魏瑶，是她最大的损失，她本想以魏瑶做资本，能够换回更多的利益，可是，这个不争气的女儿，还没等结婚，就有了孩子。现在魏瑶的肚子一天天变大，可张家就是不提结婚迎娶的事，这就让魏瑶的母亲又气又急。实在没有办法的情况下，她终于鼓足了勇气，要亲自去张家见见张起航的父母。她实在不能再顾及面子了。

第三章　霜打的爱情

在张起航与魏瑶相处之前，张起航处过两个对象，并且都是真心实意奔着结婚去的。也都想能开花结果，怀孕后就立马结婚。可是，在这两个姑娘身上，都没有得到张家想要的结果。

第一个姑娘叫慧莲，是张起航父亲的一个手下给介绍的。姑娘长得还不错，是农村户口。在这个城市的近郊，开了个不太景气、门脸儿很小的裁缝店。这姑娘一心想"农转非"，虽然听了介绍人对张起航外在的描绘有点介意，但她觉得只要能够"农转非"，男方外在长得差点也没啥，能够变成城镇户口，才是她这辈子的头等大事。况且张家的条件又是那样好，所以她一点都没有犹豫，第二天就随同介绍人到了张家。当慧莲第一眼看到张起航，特别是听到他越着急越厉害的口吃毛病，心里还是小小地堵了一下。

张起航见姑娘长得挺耐看，对自己又挺有意思，父母也满心欢喜，也就当着介绍人的面，显示出男方的主动，点头答应下来。

姑娘回家打理完裁缝店和一些家事后，没几天，就背着大包小包来到了张起航家。那架势好像是要在张家安营扎寨，下决心和张起航好好相处了。这就让张起航的父母既意外又惊喜。

其实，姑娘所在的近郊与市区张起航家的距离，也就不到二十里地。她是怕别人见缝插针，她觉得张起航家那样优越的条件，他父亲又是那样有权的人，保媒的人一定不会少。尽管张起航外在并不诱人，但他的家庭条件诱人啊。在这样的心理催促下，姑娘雷厉风行，主动"驻守"到位。

一开始，为了表明张家的正统和良好的家风，张起航父母还是给姑娘在二层楼里腾出一个单独的房间。他们想让姑娘感到他们张家是正儿八经的人家，而不是想白白占便宜的主儿，让姑娘对张家有个良好的印象，能更好地促成这桩婚事。

慧莲很会来事，每天都早早起来，帮着张起航父母干这干那，特别是对张起航的父亲，更是细心照顾。她每天都要用熨斗把张起航父亲要换的衣裤熨烫得板板正正的。无论是外衣内衣，还是鞋子鞋垫，都是她悄悄拿去洗了，晾干后，再板板正正地拿到张起航父母的房间，皮鞋也擦得又黑又亮。

每当张起航的父母阻止她做这些事情时，慧莲就一边忙活手里的活计，一边笑吟吟地说，叔在外面是有头有脸的人物，就得收拾打扮得光亮些，我做这些是应该的。

慧莲最大的愿望，就是能够快些把自己的"农转非"办成。好像这是她一生当中最最渴望的事情。她无数次地幻想过，有朝一日自己成为名副其实的城镇女人后，穿着高跟鞋、连衣裙，挎着精巧的小挎包，戴着网纱凉帽，神气十足地走在柏油大街上的情景。而这一切一切的梦想，只能靠张起航，不，是张起航的父亲来实现。而实现这些的前提，是自己必须赢得张家的喜欢。张家的三个人，她都会以不同的方式，博取他们的好感。她尤为体现在对张起航的关爱上。她知道，张起航才是她的桥梁，只有对张起航更好，他的父母才更能认可她、信任她、喜欢她。

无论相处得多么融洽，慧莲和张起航依然保持着井水不犯河水。对慧莲满心欢喜的张起航父母，当然很希望慧莲能够让他们吃下一颗定心丸，尽快成为儿子的女人，成为名副其实的儿媳妇，可又不能显示出过于急迫的样子，他们知道欲速则不达的道理。而慧莲每天晚上和大家唠完嗑儿，忙活完，也都习惯性地回到自己的屋子里。除了夜晚睡觉，其余时间慧莲从来不在自己房间里，她总是和张家的这几个人在一起。凡是张起航休息或下班在家的时候，慧莲就总是亲昵地坐在他身边，不是替他翻翻衣领，就是给他扯扯衣襟。俩人有说有笑，张起航时常会带着她出去看看电影，逛逛街什么的。在一家人似的氛围里，她与张起航亲昵而又留有缝隙地相处着。

虽然年龄上，慧莲小张起航一岁，但她却像个大姐姐似的照顾着张起航。家里吃鱼的时候，她总是把剔掉了鱼刺的鱼肉，夹到张起航的碗里，甚至还为刚刚泡过脚的张起航剪趾甲。言谈举止中，无处不透露着对张起航的关心和亲近。这就让张起航的父亲欣喜得不得了，暗暗庆幸自己的儿子找到了一个好对象，自己也有了一个好儿媳。张起航的母亲，更是逢人便夸自己这准儿媳的勤劳和贤惠。很自豪地显摆着自己在家什么也不干，都是准儿媳妇干。惹得左邻右舍好生艳羡和妒忌。

无论是对张起航，还是对他父母，慧莲都尽量显着她与张家已经深深融为一体了。张起航父母有点把不住劲儿，放下以往的矜持，觉得应该让她早些成为张家的儿媳了。他们可不愿意慧莲就这么与儿子"井水不犯河水"地相处着。他们寻思着：一个大姑娘家家的，能够这样诚心实意地住到张家，又是这般的勤劳贤惠、对儿子知冷知热，张家总该显示出诚意和力度。于是，张起航的父亲快马加鞭，很快给慧莲办成了"农转非"。他们想以此拉开一个序幕，让他俩走进婚姻的殿堂。

当慧莲拿到城镇户口时，激动得面若桃花，竟不由自主地脱口而出，谢谢爹！

这一声"爹"，让张起航的父亲喜出望外，他疑惑自己是不是听错了。他侧着头，用手抚着耳朵，轻声问，你刚才叫我啥？慧莲的脸就红了，还没等她作答，一旁的张母就说，她是叫你爹呢，你是没听清啊，还是想再听一遍！这个节骨眼儿，慧莲不想让张起航父亲回答"没听清"，或者是"再听一遍"，而是又清晰地说了声，让爹费心了！

这两声"爹"，让张起航的父亲比三伏天吃块冰砖还爽，比三九天围着火炉还暖，他也不知道说什么好了，只是咧着嘴一直笑着。笑得那样持久,那样由衷。张起航的母亲走近慧莲,慢悠悠地说,你都叫他爹了,那该叫我啥呀?

娘!慧莲没有像叫爹时还有个铺垫和承接,而是直截了当地叫了这声娘。张起航母亲就更是没有铺垫,直接乐颠颠喜滋滋地哎了一声。紧跟着,她补充道,在咱这儿,爹,就叫爸,娘,就叫妈,这样叫,就和起航一样了,你俩就都是妈爸的孩子了。

慧莲就抿着嘴,腼腆地点了下头,轻轻地唤了两声,爸,妈。

看在眼里、听在耳里的张起航,心里别提有多高兴了,心里像欢快的海洋,踊跃着朵朵幸福的浪花。张家的欢声和笑语立刻萦绕于整个二层小楼上。

其实,无论"爹"和"娘",还是"爸"和"妈",对慧莲来说都是陌生的。在她刚刚会冒话的时候,爹娘就先后故去了,记忆里,根本就没有呼唤过这几个字,只是听村子里的孩子们"爹娘""爹娘"地喊。所以,这会儿对于把爹娘改成爸妈的叫法,她一点也不感到别扭。无论哪种叫法,对她都是一个陌生的开始。

这天的晚饭他们没有在家吃,而是由张起航的父亲开车,去一个颇有档次的大酒店。张起航父亲是想借这契机,趁热打铁,把他们的婚事定下来,他觉得眼下的格局和状态,根本用不着介绍人出面了,慧莲是孤儿,也没什么亲人,再说,已经住到张家好几个月了,也就算是自家的事情了。但既然是要定下婚事,总应该定个规矩、走个程序，不能亏待了人家姑娘。当五颜六色的菜肴都上齐了之后，张起航的父亲开门见山地道出了开场白——

咱家这四口人，都齐了。今天是个好日子，也是个分水岭。在慧莲这儿，我们俩老的，从叔婶，一下子变成了爸和妈。那么慧莲在咱这家里，就真正成了家里的一员，她既是我俩的儿媳，也是女儿，按说慧莲到咱这个家，时间也不算短了，要是了解和相处的话，过程也都有了，也够充分了，那么，今天，既然我们都成了爸妈，慧莲从今往后，也就是张家的儿媳和女儿了。今天是周末，也是咱们最高兴的日子，在这最高兴的日子里，咱也就把这婚事定下来吧，也都老大不小了。定下婚事后，准备准备，找个好日子，就把婚礼办了吧。

张起航父亲说到这儿，从黑色皮包里掏出一个鼓鼓溜溜的牛皮纸大信封，一边轻轻推到慧莲面前，一边郑重其事地说，这是给你的两千块钱。要做新娘子了，总该置办点什么，自己想买啥，想怎样支配，都随你的便。以后，咱们就是真正的一家人了，和起航好好过日子吧！

张父的话音未落，慧莲就站起身来，微垂着头，双手十指相扣，慢声细语地说：我很小的时候，就没了爹娘，我是在娘舅家长大的。有一口没一口的，也顾不上是冷是热，稀里糊涂地就长大了。没得到过什么亲人的温暖。可当我来到咱们这家之后，让我感到有家真好，真温暖。二老把我当女儿对待，我更是把你们当作自己的亲爸亲妈。爸给的这钱，我不想买什么了，我想用它开一个大一点的裁缝店，这样，自己也有份事做，也给咱家进点收入。我不能光张嘴吃饭啊！所以……

不行，咱们张家不缺你这点收入。只要你到了咱家，成了起航的媳妇，啥也不用你干，就做好你的贤妻良母就行了。吃穿用戴，咱们都不会缺什么的。没等慧莲把话说完，张起航的父亲就这样接过了话茬儿。

就是，只要你对起航好，成了咱们张家的人，日后有了孩子，再带好我大孙子，别的，你就甭操心了。张母也附和着老伴儿说。

坐在慧莲身边的张起航扯过挂在慧莲座椅靠背上的挎包，在这个当口，他嘴巴贴近慧莲的耳朵，低语道，有——有我呢，你——你就啥也别——别干了。边说，边把那钱装进慧莲的挎包里。末了，加大了声音说，以后，咱，咱们一家四——四口都和和睦睦的，想在家，就在家，想出来，就——就出来。为了缓解一下口吃，张起航说话的语速很慢，几乎是拉着长音儿说的。

总是四口可不好。张起航的母亲抢过话头：明年，你们就得给我生个大孙子，有了孙子，就是五口了！

张起航的父亲也迎合道：是呀是呀，来年，咱们家可就热闹了，有了孙子，不用你们带，我和你妈管。好了，先别光顾着高兴和畅想了，菜都凉了，咱们开吃吧！

那天晚上，他们开车去饭店的时候，天儿还是好好的。谁知离开了饭店刚到家不一会儿，窗外就电闪雷鸣，紧跟着，冒烟的暴雨,就劈头盖脸地撒起泼来。他们围坐在一楼客厅的大圆沙发上,椭圆形的茶几上,一个硕大的帆船形状的玻璃果篮中,拥挤着苹果、葡萄和香蕉,这些不同形状和颜色的静物,在耀眼的闪电里,突兀而有些怪异,好像随着咣咣的炸雷,就能弹跳出来几个似的。

这雷,响得吓人!张起航的父亲,望着窗外自言自语着。

可不是吗,好像要把整个天划破,真够吓人的。张起航的母亲应和着。

嗯,这雷真响,真吓人。我小的时候,就特别害怕雷声。慧莲也感叹着。

那现在,还怕雷声吗?张起航也拉着长音儿接过慧莲的话茬儿。可还没等慧莲答话,张起航母亲就抢过话头,这雷声哪个不害怕呀,现在是咱四个都围在这呢,这要是一个人在空荡荡的房子里,那就更甭提多吓人了。

张母是有意把话题转到这儿的。她是说给慧莲听的,说给儿子听的,说给张起航的父亲听的。她觉得,既然把定亲的钱都给了慧莲,既然已经确定下来了婚事,就该让儿子得到慧莲,慧莲就该成为儿子的女人。当她看到老头子把厚厚的一沓钱给了慧莲之后,她就琢磨着该怎样把话说明,让他们尽早合房。

巧的是,正好赶上这个雷雨天,也就正好可以借题发挥、直抒胸臆。她从果盘里拿出一串香蕉,一边分别掰给他们,一边不紧不慢地冲着张起航和慧莲说,今天,这妈爸也叫了,婚事也定了,该走的流程也走了,你们两个就别楼上楼下了,况且,这么个雷雨天,慧莲一个人在空荡荡的屋子里多害怕呀!起航,你就到楼上陪慧莲去吧。要不,慧莲到楼下起航那里,反正,从今儿起,你们就别分开着住了!住在一起,这样才算是真正的一家人了。你们说呢?

张起航的母亲把"球"准确地投到网篮里后,又兜头传给了另外这三个人,等待着他们任何一个能够把这球接住,最好别掉在地上。

可这"球"像是在空中打旋似的,既没掉在地上,也没人接着,张起航用一个长音儿,给托住了,我——听妈爸的,也听慧莲的,你们定!这话跟没说差不多。张起航的母亲在心里这样责怪着儿子。最后,这球还是张起航的父亲接住了,他站起身来,一边做着伸展腰肢的动作,一边一字一板地说,你妈说得对,也在理。慧莲来咱们家的日子可是不短了,无论是了解的过程啊,还是适应的过程啊,什么过程也都有了,你们要是再分开着住,倒是不合情理了,就照你妈说的做吧!

慧莲一直没有说话,她只是轻轻地把手放在张起航的手心儿里,垂着头,眼睛瞅着拖鞋上的荷花图案。

你个傻小子,还愣着干吗,还不赶快上楼去?张起航的父亲冲着儿子,嗔怪地提示着。

父亲的话,像是运动员准备起跑的发令枪,话音还没落地,张起航就牵起慧莲直奔楼上而去。

楼上的热水器插着电的，用时，别忘了拔下插销！在张起航母亲的叮嘱声中二人上了楼。还没等进到房间，楼下又传来张母的声音，慧莲，明早就不用你早起做饭了，我和你爸出去遛弯就直接吃了。回来时，把早点给你们带回来，你们就多睡会儿吧！

慧莲和张起航就哎地应了一声。

俩人像往常一样，各自做着就寝前的洗漱程序。可是，不同于往常的是，今晚两人就要合房了。先洗漱完的张起航，静静地躺在散发着慧莲体香的床上，在稀疏了很多的雷声雨声里，等着迟迟没有洗完的慧莲。他躁动着、期盼着，又忐忑着。

虽然在慧莲之前，他也相过不少对象，但不是他没看好人家，就是人家没瞧上他，即便是相处了，也没多久就黄了。对异性，只不过就是拉个手，搂下肩什么的，还没有真正碰过女人的身体。慧莲是他第一个能走到今天，并且马上就要有男女交融的姑娘。

从打慧莲搬到张家，张起航没有一天不幻想与她在一起的情形，没有一天没产生过欲望的冲动。甚至有好几次，半夜里，想从楼下自己的房间，摸到楼上慧莲的房间去。但最终还是理智克制了他。他知道，一旦那样做了，他们恐怕也就结束了。他要的是婚姻，是老婆，而不是一时的满足。所以，表面上他总是做出很稳重、很矜持的样子。可实际上，他焦渴的欲望始终在理智的压抑中煎熬着。

眼下，这个令他期盼已久的时刻，终于到来了。当他看到了终于完成沐浴的慧莲慢慢走进房间时，他的血液一下子沸腾了，心里擂鼓般狂跳起来。他整个人就像被扔进了火堆里似的熊熊地燃烧起来。

慧莲倒是显得很平静。她先是坐在梳妆台前，很从容、很细致地往脸上抹着润肤霜。抹完了润肤霜，她又在一下一下地梳起头发，然后，用一个橡皮筋把披肩的长发拢起来。末了，她又耐心地把留在木梳上的发丝轻轻地抓出梳齿儿，似乎是有意在这些缓慢的过程里思索着什么。她说不清自己是在等待张起航接近她、爱抚她，还是有意拖延时间。

当再也找不到可做的事情之后，慧莲才把目光沉沉地落在镜子里穿着湖蓝色睡衣的张起航身上。此时的张起航正呆若木鸡般凝神屏气地看着慧莲，好像是在细细品味她的每一个细微的动作和神情，又似乎是在酝酿着什么。

要不是还有雨声雷声，慧莲一定会觉得整个世界都沉寂了。她实在说不清自己此刻的想法，好像她既希望张起航对她做出该做的事情，又希望两人就这样有一定距离地相持着，哪怕到天亮，到很久。

慧莲。张起航的这声呼唤是夹在已经小了很多的雷声里的，但在慧莲听来，好像比他们刚刚到家时听到的雷声还大，还令她心悸。此时，镜子里的张起航，已经把自己剥光了，五短的身材和那略显肥胖的裸体，有点像坐在肉粉色床单上的不倒翁。

被抱在张起航怀里的慧莲，一点没有应该有的那种羞涩与渴望。她像面团似的被今晚已经约定成丈夫的张起航抱着、揉着、搓着、亲着、啃着。她确定了,张起航作为男人是有一定欠缺的。

像掀掉了膏药似的一把推开了粘在身上的张起航,幽幽地自言自语道,怎么会是这样?

被推开的张起航,又一把抱过慧莲,抚摸着她说,毕竟第一次,给我点时间,不会总这样的。

看到慧莲同样穿上了睡衣,很冷漠地把身子转了过去。本来就口吃的张起航,在这个时候想说啥也说不出来了,就是能说出来,也一定是蔫蔫的有气无力的。他只能任喉结在脖子上上下下地滚动着。他的手插在头发里,狠狠地抓着、揪着,好像把一切的羞愤和懊恼,都倾注在手指上了。

不知啥时,雷雨彻底停息了。

这个时候,慧莲倒很希望能再听到雷声雨声,那样,她会借助雷雨的噪声掩盖自己的叹息甚至是哭泣。

关灯!慧莲倦怠地吐出了这两个字。她觉得也许漆黑能够掩埋一切。这个夜晚,她就是想被漆黑掩埋着。

漆黑中的两个人都静了下来,好像都谨小慎微着,都唯恐有一点动作和声息打破了什么或引发了什么。两个穿着睡衣的人,虽然合盖着一条毛巾被,却是被生硬隔开的那道"凹沟"一分为二着。

无声无息的漆黑中,一分为二的两个人,谁也睡不着。慧莲一直在想,有了这个夜晚之后,她该怎样面对这张家?是立马离开张起航,还是再磨合一段时间?或许真如张起航所说的过一段时间就会好的?张家刚刚给自己办成了"农转非",又把订婚的钱都给了,妈爸也叫了。如果立马离开张起航,一定会被他父母说成是忘恩负义。

慧莲承认,从打她进到张家见到张起航起,她就不喜欢张起航,更谈不上爱。但并不讨厌他。她觉得,只要不是讨厌,随着相处的时间和彼此的交流,慢慢会产生感情的。她觉得对家庭来说,感情才是最重要、最长久的。即便是当时产生了爱情,日久天长也就都变成了感情。既然是这样,没有了那爱情的过程也就罢了。慧莲这样说服着自己,开导着自己,也以此坚定着自己再与张起航磨合适应一段时间的决心。特别是看到他的父母和家庭,慧莲就觉得在这样的家里,挺温暖,挺有依赖感和安全感。她从小就没有体味过家的味道,所以,她很想自己能够在婚姻里补偿这些,体味到这些。她一直渴望着这种依赖和安全。

那一边的张起航,同样是思绪万千。他对慧莲,做出了好多的假想。可无论哪一种,都是令他无奈和难受。慧莲住进家里这么长时间了,自己对她的喜爱和父母对她的认可,都让张起航感到四口之家的温馨和幸福,特别是慧莲又那样的勤快贤淑,就更是让张家喜出望外。可要是因为自己"不争气",慧莲最终离开家,那将是对自己最大的打击。

一想到这儿,张起航就感到浑身发冷。此时,他很想翻过身来，打通那道隔离沟，紧紧搂住慧莲，哪怕什么也不说，哪怕慧莲能够用下劲儿地搂住她。

可是，他不敢。就像举着空枪去战场挑战一样，他没有这个底气，没有这个魄力。他只好鸟悄地挨着时间、挨到天亮，只好听天由命，去面对该发生的一切。

静，死一般的宁静。在这宁静里，飘忽着两个人的思想；在这宁静里，挨着的两个人注定一夜无眠……

住在楼下的张起航父母，是无论如何想不到楼上这俩人是在这般情形下合的房。这一夜，老两口也睡不踏实，在漆黑中嘀嘀咕咕商议筹办婚礼的事情，你一句我一句，对今后的日子做着畅想和计划。

为了让慧莲和儿子能够安稳地多睡会儿觉，多亲近亲近，天还没太亮，张起航的父母就鸟悄地起来了，侧耳听听楼上没动静，俩人就鸟悄打开房门出去了。

待九点来钟他们回来的时候，慧莲和张起航都已经衣衫整齐地在一楼的客厅里了。慧莲还和往常一样，里里外外，楼上楼下地收拾着卫生。虽然眼睛有些浮肿，但表情和神态与往常没什么不同。她是不想把自己的心绪写在脸上，不想打破以往的局面。看见买回早点的张起航父母，慧莲还是妈、爸甜甜地叫着。

慧莲依然还能和往常一样，这是张起航无论如何想不到的。他设想了那样多慧莲可能做出的画面，但就是没有想到她还能这样不动声色。

起航，快去把妈手里的东西接过来！慧莲的这声呼唤，像一缕和煦的春风，一下子吹皱了张起航凄冷沉寂的心湖，他哎了一声，就快步到母亲跟前，接过了满满一兜子的吃喝。

张母一边换鞋，一边充满笑意地冲慧莲道：慧莲，你们怎么起这么早哇？不是说不用你早起收拾了吗？快，赶紧放下手里的活，你和起航赶紧吃早点吧，我和你爸在外面吃过了，这是专门给你们买回来的。

那边，张起航父亲给俩孩子摆好了碗筷，倒上了牛奶，从兜子里拿出吃的，也在催促着慧莲。

此情此景，让慧莲感到特别温暖。有可叫的妈、爸，有亲昵称呼自己小名的老人，有这四口人围着的家，只是……只是……

慧莲忽然感到鼻子一阵发酸，一种复杂的心绪，像柔软的触角，一下下撩拨着她的心。但，她极快就把涌上眼眶的泪水逼退了回去，她笑吟吟地答应着，笑吟吟地和张起航一同吃着早点，心里的泪水却早已流成一片汪洋……

张起航觉得自己像是做了一场噩梦。眼前的慧莲、眼前的一切，怎么也无法和昨天夜晚发生的事情联系在一起。他所设想的画面，都被眼前荡漾的温馨消融了。他本想和慧莲聊点什么，可又不知应该说什么、从哪开口。他瞥见慧莲还系着围裙，就走过去，把手落在了围裙系扣上，要替她把围裙解下去。

不知是出于配合，还是刻意躲闪，慧莲不由自主地抖动了一下身子。替慧莲解下了围裙后，张起航并没有回到对面的座位上，而是紧挨着慧莲坐了下去。

坐在沙发上一起择菜的张起航父母，一直在偷偷观察慧莲和张起航的神态和举动。他俩一夜未眠的倦怠，是老两口一进家门就看出来的。但正因为有这种状态，才让老两口感到欣慰，就欣喜着儿子终于有了自己的媳妇，张家终于添人进口，慧莲终于地地道道成了张家的人。特别是看到两个人亲昵坐在一起，红着脸嘀嘀咕咕的样子，更是让老两口感到无比的开心。

当老两口把办婚礼的计划跟张起航和慧莲说了之后，慧莲却说道：妈，爸，不急，先缓缓吧。看到老两口一脸吃惊，慧莲解释道：我还真想能多些日子做做你们的女儿呢，要是结了婚就是地地道道的儿媳妇了，先做女儿，再做儿媳妇，那样多好哇！你说呢？起航？

慧莲把这个球连同意味深长的目光，一同投给了张起航。张起航不能不接。接了，就必须再发出去。于是，就顺着慧莲说，是呀，做女儿和做儿媳妇的感觉，肯定不一样，再说，我们现在还想多尝尝恋爱的感觉。

张起航真为自己这番违心的话感到堵心。可是，自己眼下的状态和慧莲犀利的求救似的眼神，又不得不让他这样附和着慧莲。这会儿，他真恨不得狠狠抽自己几个耳光。

那可由不得你们了，我们还急着抱孙子呢。张母嘻嘻哈哈地回应着。不说这话还好些，一说这话，就好像在拿一根锋利的针，扎到了张起航的痛处，也扎到了慧莲的心头。

俩人合房的那一夜，真的就像一个分水岭。那夜之后，以往的那种坦然、平静、温馨，似乎都变了味道。尽管表面还都存在着、延续着，甚至加深着，但实质却变了。只是张起航父母不知内情而没有感觉出来罢了。

　　从那一夜之后，慧莲就不愿意夜晚的降临。越是不愿意夜晚来临，夜晚就越是来临得特别快，好像诚心和她的愿望作对。而对于张起航而言，一半相同，一半不同。他是既盼着来临，又惧怕着来临。

　　可是，一切如故。

　　又过了好几个夜晚，结果都和当初那个夜晚的情形差不多。慧莲扬起枕头抛了过去，她充满了气闷地说，都别难为自己了，我们还是分开吧！

　　说完这番话，慧莲就披上睡衣下地打开衣柜，拉出她的皮箱，开始从衣挂上往里面收拾衣物。

　　此时的张起航像是被人抽去了筋骨，浑身瘫软地依偎在裹紧的毛巾被里。他嗫嚅着想说，给我点时间，会好的。可是，不知是因为着急口吃说不出来，还是压根儿没有底气，干嘎巴嘴，就是说不出话来。看着默默收拾东西的慧莲，他的眼圈红了。紧跟着，红了的眼圈里就涌出两行泪水。

　　大概是慧莲隐隐听到了张起航的饮泣，当她的目光落到张起航满是泪痕的脸上的时候，慧莲的手顿时就僵住了。好像自己的心突然被张起航的泪水浸湿了，被他那副痛苦无奈的神情刺痛了。她缓缓地把装进皮箱里的衣物又重新挂在衣架上，把拉杆箱也放回原处，然后缓缓地回到了床上。

她的行为和举动，是不走了，但意念上还是要离开的。只不过她不想这样昭然连人带物不留痕迹地从这里消失。她是想在心理上给张起航留个缓冲，当然也包括他的父母。

慧莲平静着口气对张起航说，我不走了，我会再给你时间的，可能，也许，以后会有好转的吧。慧莲都为自己这有气无力的话感到虚无。我来你家都四个多月了，虽然没什么亲戚了，可毕竟还有一个娘舅，我想回去看看他。说完这话，慧莲又为自己的谎言感到羞愧。

慧莲顺着这个话茬接着对张起航说，我回去看看他们，住些日子就回来，也好让舅妈给我做两床被褥什么的。毕竟还算是娘家吧？

慧莲突然感到，说谎也会这样容易，嘴皮子动几动，竟能编得这样合情合理。

我明天就回去，因为，我还回来，所以，我什么东西都不拿了。对了，咱爸给的那钱，先放你这儿，等我回来时，咱俩一起去买些需要的东西。

慧莲这样说，是不想收这笔钱了。她想：既然自己提出的离开，毕竟又在张家住了这么久，张起航还有他父母对自己不错，怎么好抬腿一走了之还带走结婚的定钱？尽管是因为张起航不行才离开的，但也不能这样做。

听完了慧莲的这番话，张起航一直沉默着，似乎还想听慧莲再说些什么。当他断定慧莲把话说完了之后，才轻轻叹了一口气，说，行，明——明天，我——送你去车站。爸给的钱，你——你必须拿着，那、那是给你的，正——正好回娘家，买——买点什么。

张起航还是猜得出她是要离开了，只不过不想让他太难过，不想让父母感到太突然。至于父亲给慧莲的那笔钱，他是无论如何要给慧莲的。他想：虽然她离开了，没有成为自己的媳妇，但也算成了自己的女人。这钱一定要给慧莲。

这个夜晚，慧莲一反常态，她主动搂起张起航。可是她搂得越紧，越是让张起航感到她将离他而去的坚定。她的搂抱，不仅没有激起他的热情，反而陡生无形的凄冷。

看到张起航隐隐耸动的肩头，慧莲的心一下子软了，她突然想：这个时候，是不该埋怨冷落张起航的。她想再做一次努力。她告诉自己：应该耐心点，应该给他点鼓励，应该更多地给予他温存和刺激。或许，他会有所改变的。

这样想着，慧莲就扳过张起航的头，很温柔地对张起航说，咱俩说说话吧，我知道你是睡不着的。慧莲那温热的略带馨香的气息，顺着她的身体，遍布到张起航全身，甚至是每一个毛孔。

张起航慢慢转过身来，慧莲换了一个姿势偎在他的怀里，可是，事与愿违。张起航越是想做好，越是想让慧莲满意，就越是不行。

面对张起航一成不变的状态，慧莲没有再像前几次那样失落，更没有埋怨，而是轻轻拍了拍张起航，平静地说，你是不是应该去医院看看？你总这样是不行的。先不说两个人怎么样，要一直这样的话，也不会有孩子呀！你是你们张家的独苗，要是一直没有孩子，那……那妈爸该多着急呀！

慧莲，你——别说了——张起航几乎是低吼着打断了慧莲的话。他紧紧地握着拳头，不住地擂着自己的胸膛。慧莲一把抓住他的双手，用力地制止着。许久的沉默之后，慧莲轻声说道，都累了，时间也不早了，睡吧！

这注定又是一个不眠之夜。

第二天，慧莲没有走。

第三天，天气很好。这天一大早，慧莲把张家所有的被褥、床单、被罩、沙发靠垫，凡是能洗的都洗了。这多少让张起航生起一份希望。希望慧莲经过一夜的思考，还是不走了。可是，这份希望又那样的缥缈，缥缈得犹如天边的一缕淡淡的云丝。

张起航的父母是无论如何猜不到慧莲这样做的真正目的，他们只当她这是做婚前的准备，只是相信了慧莲在心里编好的回娘家看看再回来的假话。

这天，张起航没有去上班，他像丢了魂儿似的，围前围后地在慧莲跟前转悠着。有时帮着扯扯床单，有时帮着拽拽被罩儿。他觉得每过去一分一秒，他与慧莲待在一起的时间就越来越少。他已经断定：慧莲是肯定要走的。

洗衣机轰隆轰隆的转动声,像铰刀一样,铰着他的心。他有一肚子话想要对慧莲说,却一句也说不出来,憋得他异常难受。他真恨不能一头扎到洗衣机里,把自己心头的烦恼连同那些床单、被罩一起洗了。

对于一反常态的张起航和慧莲,张父和张母反倒感觉很惬意和欣喜。看到准儿媳为婚前准备这样地忙碌着,看到儿子和慧莲又这样的如胶似漆,张母就鸟悄地对老伴说,看见咱儿子没?对媳妇这个腻呀,这个黏糊劲儿啊,好得简直要穿一条裤子了。这不?今儿,这班都不上了!张母笑吟吟地对老伴说。

只要他俩好,咱看着就好!我走了,我可要上班去了。张父一边说一边拎起皮包,喜滋滋地瞥了一眼儿子儿媳,还有抿嘴偷笑的老伴,就迈着轻快的脚步出去了。

慧莲是在洗完了所有被罩床单和沙发罩的第二天走的。走时,除了肩上一个背包,其余的东西啥也没拿。

这天的早饭是张起航的母亲做的。她说有上车饺子下车面一说,所以特意起早包的芹菜馅饺子。可是,当热气腾腾的饺子端上桌之后,张起航和慧莲谁也吃不下去,不同的心绪,却让他们同样没有食欲,但为了父母的感觉,还是无滋无味地吃着。

这天,淅淅沥沥下起了小雨。夏末秋初的小雨,有了些许的凉意,使得一楼客厅的落地玻璃有了一层薄薄的哈气。模模糊糊,朦朦胧胧,让人感到心里一点也透亮不起来。

这时,张起航真希望雨下得大些,就像他们初次合房那天晚上的暴雨，那样的话，慧莲就走不了了，至少还能多待一天。可这雨太小了，小得令张起航憎恨，张起航真想冲到外面，在凉丝丝的雨雾里，放声呼喊，大声号叫。

慧莲极力装作几天就回来的从容样子，与张起航父母道别。张起航父母也就没有多送，只到院门口就停住脚步，顺着慧莲的话茬说，快去快回，有个三两天咋也回来了。

慧莲就边摆手边答应着走出了院子，走出了张家。

他们拐过那几栋小灰楼，穿过一片绿茵地，就踏上了横跨一条小河的石拱桥。过了桥，顺着一个街心花园直走，就是通往火车站的那条柏油马路。

张起航本该是开车走大路送慧莲的。可他提议要两个人步行到车站。他不想让只有两三站地远的路程，在车轮下那样快结束。他想尽可能地多和慧莲待一会儿，尽可能地把他们走的路程变得长一些。

雨，还在淅淅沥沥地下着。这个时候，张起航倒是有点喜欢这样细小的雨了，因为这样，两人可以共撑一把伞，可以更近地走在一起。慧莲没有拒绝张起航轻轻搭在她肩头的手臂，两人合打着一把伞，为了不使伞顶碰到慧莲的头，张起航高高地擎着，他直挺着脊梁，高昂着头，着意做出一种他能够替慧莲遮风挡雨的样子。

头顶上，是细雨落在伞上的沙沙声；脚下面，是鞋底与地面的摩擦声；伞下，则是两人的沉默。张起航越是想说什么的时候,就越什么也说不出来。而此时的慧莲心里也像下着小雨,灰蒙蒙冷凄凄的。想起在张家好几个月的日日夜夜,想起张起航父母对她的好,也想起张起航对她的真情,慧莲总感到自己在这种情形下离他们而去,心里不是个滋味。但是,她又的确不愿意面对夜幕下的张起航。倘若是日复一日,年复一年的话,那又该经受多少煎熬哇!

雨中,慧莲打了个寒噤,张起航下意识地把搭在慧莲肩上的手,移到慧莲的腰上,意在搂紧些,给她点体温。随着这动作也终于有了言语,是——不是凉了,我——我把外衣给——给你披上吧?

不用,不凉。

你——你回去后,要——要照顾好自己。你——你毕竟——不、不像我——还——还有父母。

张起航的这番话,显然是在告别了。

你,也是。慧莲有气无力地说。

这个时候,她真不知道对张起航说什么,也只能顺着他的话茬这样说了。张起航是肚里有话说不出来,而慧莲是根本不想再表达什么了。

离火车站越来越近,张起航的脚步也越来越沉。他已经听到了火车的鸣笛,已经看到了那个黑洞洞的候车室大门了。他忽然感到那大门像是一张巨兽的大口,正把一个个小小的人吞进去。一想到慧莲马上就要被这样的大口吞进去,被消化掉,自己也许永远都见不到她了。张起航的心就一揪一揪的疼。

张起航给慧莲买了车票,又在车站附近的商店买了一大兜子吃喝,然后送慧莲进了检票口。张起航定定地望着慧莲,此时,他多么希望慧莲能忽然改变主意不走了,但慧莲那决绝的背影,正让他的这个渺茫的希望一点点破碎。

就在张起航绝望的时候,慧莲忽然猛地回过头来,眼圈儿红红地对张起航说,别送了,你回去吧。慧莲是不想在列车启动的时候,与他挥手道别。她不想让那一幕,永远刻在脑海里。

张起航的喉结滚动了两下,没有按照慧莲的意思离开,仍是默默地紧跟着她一同上了站台。

眼见着慧莲就要登上列车了,张起航忽地一把扯住了她,就那样定定地盯着慧莲,似乎把所有想说而又说不出来的话,全都倾注在眼神里。他先是用力地握了一下慧莲的手,然后把自己那个黑色手包塞到慧莲手里,急促地说,上——上车看吧。注——注意——安全。

一声汽笛,列车缓缓启动。慧莲不愿意留在脑海里的一幕,还是发生了。她站在车门前,透过玻璃向张起航摆着手,张起航随着渐渐提速的列车小跑着,边跑边挥手。很快,张起航小小的身影就变成了一个小黑点。车窗外快速移动的景物,像偌大的无边无际的铅笔擦一样,把张起航的身影擦得干干净净……

慧莲说不清是怀着怎样的心情坐到自己座位上的。当她攥紧留有张起航体温的手包时,心里就像坠了铅块一样沉重。

黑色手包鼓鼓溜溜的，慧莲感觉那两个镀铜的金属搭扣，像张起航的眼睛似的，正绝望地凝视着她。她慢慢地打开了。先是看到了那个鼓鼓的大牛皮纸信封。这是被她悄悄放在衣柜里的两千块订婚钱。想不到又被张起航塞进这个包里。除了这个牛皮纸信封，还有另外一个小信封，不是牛皮纸的，是白色的。白得很纯粹、很单薄，好像容不得半点尘埃似的。慧莲屏住呼吸，轻轻抽出信纸，又轻轻展开。

慧莲：

　　从打你见了我，就没有听我说过一句连贯完整的话，这是很令我痛心的。想不到，今天我会用信的形式，对你说说完整的话了。但这更令我痛心。因为，我知道，我们可能再也见不到面了。

　　你知道我这两天是怎样过的吗？当我知道了你有要走的意思之后，心就好像被掏空了。我就感到钟表的指针转得太快了，我真想把它弄停了，可是，日子不会因为钟表的损坏就停下来啊！

　　我知道，你是善良的好姑娘，为了不让我难过，不让妈爸看出破绽什么都没拿。你的欺瞒，是不想让我们难过。可你竟然把妈爸给你的钱也悄悄放下了。虽然我俩没有结婚，你没有成为我的媳妇，但是，毕竟你做过我的女人。你离开不是你的错，全都是我不好、无能，是我没有福气拥有你。这笔钱是爸妈给你的，尽管你没能成为他们的儿媳妇，但妈爸也叫了这么长时间，他们也把你当作女儿，他们就是知道你离开了张家，也绝不会留下这钱的。

除了这笔钱，我在你的挎包隔层里，又给了你两千块钱，那是我的心意。你的衣物都没有拿走，这些钱你回去后添置些衣服吧，你留在张家的那些衣物，我就留作纪念了。那些东西，会让我觉得你一直在我身边，我真希望有一天你会回来，给我一个大大的惊喜。人有的时候也是需要幻想、假想的。哪怕是虚无的、缥缈的，但至少，有一线希望支撑着。

我不知道送走你之后，我将怎样再面对未来的日子，更不知道我将怎样对妈爸说出实情。

好了，不说这些了，除了面对现实，我还能做什么呢？虽然你没有对我过多说过你娘家的事，但我猜得出，你是挺孤独的，从小就没有妈爸的人，在哪里都是缺乏温暖的。不管你回去将面对怎样的处境、什么样的情形，你都要保重自己。你善良温顺，终归会有一天会遇到适合你的伴侣。我默默地祝福你。我的心里很酸楚、很难过。我真的不知道今后遇到别的女人，会不会像对待你一样，会不会有恨？但真的很希望你未来的日子，一切都好！

写到这儿的时候,我的眼前已经模糊了,还是别让泪水打湿这洁白的纸张吧!

　　收笔。握手。

起航

　　看完了这封信,慧莲眼前模糊了。她的心像打翻了五味瓶,说不出什么滋味。她抹了一把眼睛,心里竟莫名其妙地闪过一个念头:要不要下一站下车,再返回张家?她心里像在拉锯似的,在"要"和"不要"之间来回地拉扯着。然而,当火车真的到了下一站的时候,这念头就如那白底黑字的站牌一样,在火车的启动中,一闪而过了。

第四章　结痂的心变坚硬了

慧莲的离去，的确让张起航痛苦了好一阵子。毕竟，慧莲是张起航的第一个女人。不知内情的父母，认定慧莲是过河拆桥，是忘恩负义，张母甚至骂骂咧咧地数落过好多次。这时，张起航总是袒护着慧莲，说是因为自己的错慧莲才走的。可当父母穷追不舍地问张起航错在哪里时，他又无法启齿了。

是呀，他咋对父母说呢。对于自己的情况，父母是不太了解的。很小的时候，母亲带他洗过澡，可从打他十几岁以后就独自洗浴了，即使是父亲，张起航也不愿意一同去。不好意思让父母看到他的身体。

当然，张起航的父母，还是猜出慧莲离开他们儿子的端倪。在张母的提议下，张起航的父亲谎称自己血压不稳，要儿子陪他一起去洗澡。就是在那次的洗澡中，张父证实了慧莲离开的真正原因。儿子的"长不大"就成了他父母的一块心病。担忧儿子以后的日子。

这内在的东西，是谁也看不到的。在慧莲离去之后，还是有好多个媒人给张起航介绍过对象，但他都拒绝了。他始终忘不了慧莲，多次梦见过她。他幻想着某一天，慧莲会突然出现在自己面前，尽管这个幻想变成现实的概率小到几乎等于零。渐渐地，这种幻想的破灭真的变成了恨。这种恨在张起航心里不断地蔓延，以至于让他对所有年轻的女人都产生了一种很莫名的冷漠，甚至是敌视。

有一天，父亲将一位老中医带到家里，给张起航把了脉，然后留下一堆中药丸子和西药水，让张起航按时服用。张起航对女人的冷漠、敌视，也变成了无休止的渴望。只不过，这个时候臆想中的女人已经不再是慧莲了。

当时间逐渐磨平了、模糊了张起航对慧莲念想的时候，他很自然地就接纳了第二个女人。这第二个女人是张起航和于军去饭店吃饭时认识的。

慧莲离开后，张起航一度无着无落，备感空落。单位的好哥们儿于军，就总是拉着他，要么去饭店喝喝酒，要么去体育馆踢踢球。有时，也拉着他和一帮同学拎着录音机，去野外疯狂地跳一跳刚刚兴起的摇摆舞。借此帮助张起航排遣失恋的痛苦。

于军并没见过慧莲，在张起航和慧莲相处的那段时间，他父亲正生病住院。他除了上班，就是到医院和家人轮流护理父亲。他知道张起航正在热恋中，也不好意思去打扰他。直到慧莲离开张家，张起航才又把于军填充到他的生活里，又和于军续接起以往哥们儿之间那亲密无间的关系。

那会儿,每次去吃饭,买单的大都是张起航。这倒不是说于军吝啬,而是他的家庭条件远远不如张起航。在这方面张起航很慷慨。失恋的时候,能有个好哥们儿陪自己说说话、唠唠嗑,也的确能让自己宽慰好多。因此,张起航也乐得不让于军花钱。于军呢,也就不再客气地做出争抢买单的架势。

他们常去的那个饭馆,叫白桦林饭馆,不大,在市区的近郊。饭馆青砖红瓦,实木门窗。房前是挺宽敞的柴门院落,房后就是那片白桦林,一条弯弯曲曲的小路,从饭馆的院落一直延伸到林中。小路旁,错落有致地放置着几块天然石头和木墩儿。一道窄窄的小河沟儿,若隐若现于路旁的草丛中,可以清晰地听见哗啦哗啦的水流声。从远看去,挺像一幅油画小品。

他们总到白桦林饭馆吃饭,所以,和那里的老板和服务员都混得很熟,特别是那个叫徐红的服务员。

张起航和于军不单是为了吃饭才到这里的,更多的时候,是把这里当作排遣苦恼和郁闷的平台。张起航可以就着杯中的酒,向于军倾吐他的一切不快和烦恼。那个叫徐红的服务员,就是通过他俩口无遮拦的聊天,了解到了张起航的家庭和现状。她就很想接近张起航。每当张起航和于军来到这个饭馆,徐红总是很热情地接待他们。有时,还会特意把他们要的酒菜什么的,端到白桦林旁的大木墩上,说那里环境好,更适合喝酒聊天。直面张起航时,徐红总是笑容可掬。因为很熟悉了,她也时常凑在俩人的酒桌旁,给他俩倒酒,跟他们说笑。在半真半假玩笑似的口吻中,她就勾搭起张起航,一来二去,张起航就顺水推舟,稀里糊涂地接受了。

当于军看出徐红对张起航有了意思之后,张起航再约于军去白桦林饭馆时,于军就推辞了。他觉得能够真正排遣掉张起航苦闷的,就是能重新找个女友。

可是,这"问题"解决得太快了,快得没有过渡,直截了当,张起航就被徐红弄到了床上。

之后,徐红说,我可把身子给了你,你可不能穿上衣服不认人。我总不能白白地送给了你吧?

张起航彻彻底底地明白了眼前的这个女人,绝不是要跟他正儿八经处对象,她在要挟自己。此时,他恨不能狠狠抽自己几个嘴巴。张起航愤愤道,那——那你说,咋——咋样?

徐红一边拢着蓬乱的头发,一边慢条斯理地说,我挺喜欢凤凰自行车的,再给我买一辆女式幸福250摩托车。还有,再给我买一块上海牌手表。对了,再给我买一支英雄钢笔。就这些,怎么样?你爸是工商局局长,买这些东西,应该是小菜一碟吧?

也就在那一刻,张起航对女人也彻底失望了。他觉得自己是那样的虚弱和空无,是那样的无能为力。觉得自己还能够有女人靠近,完全是因为他有一个当官的父亲。就算他不完全认为慧莲也是这样,但想想刚开始时,慧莲看重的不也是他的家庭吗?不也是为了"农转非"户口吗?不同的是,她不像徐红那样赤裸裸进行交易，她还有着善良和情义，还有着他们相处在一起的回忆。在这样的对比中，他又怀念起慧莲来。就好像刚刚结了痂的伤口，被这个徐红给无情地撕破了似的。

张起航最终还是买给了徐红所要的那些东西。他不想作为男人让女人骂成是占便宜，更不想如徐红所说的那样，自己不兑现就去他单位找他。他绝不想，本来就矮小的、不起眼儿的自己，身上再背上什么不好的名声。张起航和这第二个女人，来得快，走得更快。在满足了徐红的物欲之后，俩人迅速画上了句号。

经历了两个女人之后，张起航就对女人产生了怀疑。恨意像冷峻的石头一样，重重地压在心口之上。

关于他和徐红的事情，张起航没有对好友于军说，只是轻描淡写地说彼此不合适。从此，俩人就再也不去白桦林饭馆了。于军也没多问。因为那个时候，他正忙着报考单位大货司机的事情，有一点时间，就要去学习、考试、练车。他不甘心总是在厂里流水线上当个小工人，他一定要通过自己的努力改变工种。他常想，自己不同于张起航，张起航有一个有权有势的父亲，他可以借着父亲的光亮走路。可自己不行，自己的父亲，只不过是一个领着微薄薪水和补贴的退伍老兵，是一个谨小慎微、安于现状、被人称为"于老蔫"的"老八板儿"。所以，要想出人头地，于军就只有靠自己了。

没有了于军的陪伴，无形中张起航又空落了许多。他觉得，能够陪他喝酒的人不少,但是,并不是对所有陪他喝酒的人,都能倾吐自己的心里话。所以他就觉得自己挺憋闷,挺孤独。常常是一个人,跑到一个小酒馆里,借酒消愁。就是在那段郁闷、孤单的日子里,他结识了魏瑶,一个影响他后半生的女人。

第五章　阵痛的喜悦

　　张起航坚守自己的底线，那就是"不见兔子不撒鹰"。当他得到了魏瑶，特别是魏瑶怀了他的孩子以后，他们张家才给魏瑶调转了工作。不仅如此，还给魏瑶的弟弟解决了工作，给魏瑶的父亲装了假肢。并且，还没等魏瑶的母亲闯进张家谈及婚事、索要彩礼，张家就先她一步赶到魏家，双方老人见了面，给了魏家丰厚的彩礼钱。张家这样做，不光是显示着他们的实力，更是想给儿子增添分量，撑足脸面，以弥补他所欠缺的地方。

　　那仅有一次的见面，两家人没有在一起吃饭，也没有过多的客套和寒暄，只是给了钱，定下了婚礼的日期和一些事宜后，张家人就离开了魏家。当然，魏瑶也被张母带着回了张家。

　　其实，从打她怀孕显怀后，魏瑶就被张起航父母留在张家了。他们是为了魏瑶肚子里的孩子。他们可不放心怀了张家孩子的魏瑶，还住在条件很不好的魏家，更不想让这个时候的魏瑶还为魏家操持家务、干这忙那，动了胎气。

　　张家人从魏家走出来的架势，是那样的高傲冷漠、那样的盛气凌人，甚至满脸都是鄙夷。特别是张母，看到接到彩礼钱喜形于色的魏母，眉头就皱在一起，她弯着嘴角儿，冷冷地对魏母说，我们家魏瑶现在可是这个身板儿，你们可不能再像从前那样，招之即来挥之即去地使唤她了。她现在，是我们张家的人了。

张母那声"我们家魏瑶"，在魏瑶听来，并没有多少亲近的味道。

魏瑶一想到自己的家境、自己父母的样子，再一想张家的条件和张起航父母的架势，她就总是感到自己的卑微。张家对魏家给予得越多、帮助得越多，她的卑微感就越强烈。在这种心境下，在张起航父母和张起航面前，她就不由自主地显示出对他们的小心与顺从。

经历过两个女人的张起航，对于眼下即将成为他老婆和孩子母亲的魏瑶，说不清是不是爱，是不是喜欢。他觉得魏瑶和他经历的那两个女人一样，都是为了自己的利益，都是图他优越于别人的家庭条件。但毕竟是魏瑶使自己既成了丈夫，又成了父亲。更更重要的是，她以孕妇那高高隆起的肚子，证明了自己是一个男人！这就让他复苏了他作为男人的自尊和气魄。

在张起航和魏瑶的新婚之夜里，魏瑶讲给紫馨很多很多，关于她的，关于张起航的，关于一些零七八碎的。好像她要在这一整夜里，把心里所有的话，所有的苦楚都倾倒出来似的。

透过落地窗纱，已经隐隐看到东方泛起的鱼肚白。可这时的魏瑶和紫馨还是一点睡意没有。隐隐约约，她们还能听见隔壁房间传来的稀里哗啦搓麻将的声音。那是张起航和于军还有另外两个哥们儿仍然在酣战。

紫馨起身，给想要喝水的魏瑶倒了一杯水。魏瑶一边轻轻吹着冒热气的水杯，一边悄声问，紫馨，你跟于军马上也要结婚了，你……跟他"那个"没？

哪个？紫馨不解地问。但看到魏瑶微红的脸和那神秘的表情，紫馨一下子明白了，马上回答道，没有。

魏瑶听后，紧抿着嘴唇点了点头，然后又摇了摇头。这个无声的动作，挺令紫馨费解的。她想问魏瑶为何又是点头又是摇头的，可究竟还是没问出来。

婚礼后不到两个月，魏瑶就生了。那已是夏末秋初，正是秋高气爽、艳阳高照的时节。那明快艳丽的景色，正如张起航此时的心境。张起航不仅有了孩子，还是一个白白胖胖的大儿子。整个张家，都被巨大的幸福和快乐包裹着。心花怒放，如九月盛开的金菊。

魏瑶是剖腹产。因为孩子太大，无法顺产，最后只能选择剖腹。孩子过大，完全是因为张起航的母亲。从魏瑶怀孕开始，张母为了让魏瑶肚子里的孩子得到充分的营养，每天不干别的，就是变着法换着样地给魏瑶做好吃的。鸡鸭鱼肉蛋，果蔬糖奶饼，要多全有多全。并且，什么活儿都不让魏瑶插手，也不让她多活动。她要做的，就是静养，就是吃喝。为了让魏瑶有个好心情，张母还时常带她出去看看风景，买点她喜欢的东西。

魏瑶的母亲，明知道魏瑶怀孕，却一次也没去看过她，就连他们的婚礼都没参加。不知是看不惯张起航父母那盛气凌人的样子，还是觉得腆着大肚子做新娘的魏瑶给自己丢了脸，反正一直都没露面。这就让魏瑶觉得婆婆比自己亲妈都要好、都要亲。觉得自己的亲妈这样冷漠，在婆家面前给自己丢份儿。她就从心里对这个亲妈多了更多怨愤和不满。

在魏瑶住进医院生产的那天，魏瑶的母亲还是去了。剖腹产需要家人签字，可张家父母和张起航都不敢也不愿意签，只好请来了魏瑶的娘家妈。

魏瑶的母亲是冷着面孔进的病房，对于陪护在魏瑶身边的众人连看都没看一眼，更没有打招呼，旁若无人直奔躺在床上的魏瑶。她略微哈下腰，久久地凝视着魏瑶，想说什么，可又把翕动的嘴唇闭紧了。她很快直起身，扭过头，就在医生递过来的那张术前签字书上签了字。

随着推车前跑几步的，是魏瑶的母亲，她完全没有顾及手术室门上的"肃静"俩字，大声冲着被推进手术室的魏瑶喊，别怕呀！没事的，我在这等你呢！

等待的过程是最煎熬人的。手术室外的张家人、于军、紫馨，还有魏母，都像是摊在烤炉上的鱿鱼，都不同程度、不同形态地躁动着。张父站着，双手抱肩，一支接一支地吸烟。张母坐着，十指相扣，微闭着眼睛，嘴里默默叨念着，像在祈祷。张起航悄悄站在手术室门外，不时踮起脚从门缝往里看看。于军和紫馨则站在走廊窗户前，一会儿看看表，一会儿又瞅瞅手术室的门。

魏瑶的母亲两只手像三九天冻着似的，不住地搓着，一边搓一边来来回回地挪动着脚步。冷冷的面孔，像是又结上了一层寒霜。特别是目光触到张起航时，竟又现出一种怨、一种恨。脸上明写着：魏瑶能有今天这局面都是你一手造成的。

手术室的门终于开了。门外等着的这些人都忽地围了上去，可医生的话像兜头的冰水泼过来——

魏瑶的家属，孕妇大出血，情况不太好，现在马上需要输血。对了，早上她丈夫验过血型是O型，以备急需时用，现在正好需要了。赶紧过来输血吧。

听了这话，张起航二话没说，撸起胳膊要跟进去，可是被张母喊住了。起航，你，你能行吗？大夫，那得输多少血啊！她一边说着，一边死死拽住张起航。

还磨蹭个啥？一会儿血流干了人就完了！输我的。我是她妈，我也是O型血！以前体检验过的！魏瑶母亲一边大喊着，一边撸起胳膊冲上前去，不容分说，就扯着大夫往里闯。

大夫说，不行，血不是随便输的，早上我们做好了术前准备，需要血时，就输她爱人的。这时，张起航挣脱母亲的手，就随大夫进去了。

出现了这种情况，等在外面的人更着急了，每一分，每一秒，都那样漫长。手术室的门终于再次打开，输完了血的张起航先出来的。张母赶紧上去，目光像扫描仪似的在儿子脸上搜索着、滑动着，不住地问，你没事吧？输了多少血啊！张起航就连声说，没事没事。

似乎又等了一年似的，"哇"的一声，婴儿的啼哭，终于从手术室里传了出来，这声啼哭像是胜利的号角，让等在外面的人欢呼雀跃起来。

是男孩儿。一位护士抱着褓褓中的婴儿走了出来。看见那个小小的生命，张母激动地张开双臂冲上前去，好像唯恐慢一点，婴儿就会化为乌有似的。她小心翼翼地接过了孩子，不由自主地呢喃着，我的大孙子，我的大孙子！脸上的笑容，就像盛开的菊花。张父、张起航、于军、紫馨也都兴高采烈地围上前去。

只有魏瑶的母亲没有扑向孩子，而是不顾医生的阻挡，喊着魏瑶的名字就要冲进手术室。孩子是抱出来了，可是魏瑶还在手术台上，她不知道魏瑶现在是什么样子。她想立刻看到她，她担心着自己的闺女。

魏瑶被推了出来，魏母一只手握着魏瑶的手，另一只手擎着吊瓶的挑杆儿。魏瑶还在麻醉中没有醒来。她面色苍白，紧闭双眼。紫馨看到这一幕，忽然嘤嘤地哭了起来，她一边抹着眼泪，一边呼唤着魏瑶的名字。

紫馨的哭，不单是看到魏瑶为了一个新生命的诞生，把自己折腾成为这个样子，更多的是感叹着生母和婆婆的天壤之别。这让她突然想起自己去世多年的母亲，让她感叹着：有母亲多好哇！母亲才是最真心疼爱自己孩子的人。不管平时对儿女多么凶、多么刻薄，关键时刻，她才是可以为儿女舍出命的人。

看见紫馨哭得那样动情，于军就轻轻走过去，悄声说，别哭了，女人都是要过这一关的，不然怎么说母爱是最伟大的呢！别怕，有一天你怀孕的时候，可不要营养过剩，孩子要是小的话，哪能剖腹哇！再说了，咱就是想营养过剩，也过剩不了呀，咱们也没那条件。于军半逗半安慰地对魏瑶说。

听了于军的话，紫馨摇了摇头，白了他一眼，低声说，我是看到了魏姨想到了我妈！有妈多好哇！妈才是最心疼女儿的那个人。

魏瑶是在术后好几个小时才醒过来。见她醒来，陪护的人才都长长嘘出一口气。魏瑶醒来的第一反应，就是要看自己的孩子。当她看到了张母怀里的孩子后，就撒开目光，寻找着母亲。虽然在手术过程中，她是全然不知母亲一直陪伴着她，但她却是在母亲的那声呼喊声中被推进手术室的。当她忐忑不安躺在手术台上的时候，当耳旁听着器械碰撞的声响、肚皮上隐隐感到被割开的时候，她的耳畔就一直回响着母亲的这句话。

魏瑶的目光在病房里巡视了一圈儿也没看到母亲，心就陡然生起一种失落，这失落像冬天的冰凌。正当这"冰凌"要刺破她的心时，病房的门被推开，魏瑶眼前豁然一亮，心里顿时春暖花开。她看到了自己的母亲，手里端着一个冲洗干净的便盆。

妈——魏瑶脱口叫了一声，眼里泛出晶莹的泪花儿。她已经好长时间没有这样叫自己的母亲了。从打住进张家，这个称谓，就给了婆婆。

听见女儿的呼唤，魏母只抬抬眼皮，什么也没说，面上仍然是冷冷的。说不清她是冲着魏瑶，还是冲着张母，还是冲着魏瑶为了给张家生这孩子而遭的这份罪。她用手擦拭去魏瑶眼角的泪花，又把魏瑶放在被子外的胳臂轻轻放回到被子里。

看见这情景的张母，脸色也就不怎么好看了。她冲着魏瑶，又像是冲着魏母，啧啧道，这是咋了？哭个啥呀？这可是在坐月子，不能有一点情绪波动，要心情好才行。要是不痛快或着急上火，可就没了奶水。没了奶水，我孙子吃什么呀？说完，冷飕飕地白了魏母一眼，好像都是因为她，魏瑶才这样的。

魏母没有理会张母，而是对魏瑶说，大夫说了，别总是躺着不动，那样会肠粘连的。要不要翻个身？说着，就想帮着魏瑶把身子翻过来。这时，张母抱着婴儿走近魏瑶，顺着魏母的话茬说，是呀，得动一动，来，干脆试着坐起来吧，也让孩子啯啯奶头，让他练练吃奶，看看他会不会啯。

奶水哪会来那么快？孩子还胎饱呢！还是先别让魏瑶坐着了。一直没怎么搭理张母的魏母，板着脸对着张母说。她这个时候的面容和表情，绝不是接受彩礼时的和颜悦色。

101

魏瑶当然不知道她手术时是母亲一直陪在身边的，更是不知道当时母亲是怎样不顾一切地闯进手术室的细节。但在这个时候，在她也成为母亲的那一刻，特别是感受着母亲的手的温暖时，她对母亲以往的哀怨和不满就都化为乌有了。

有魏瑶的母亲在这儿，本该是张母回去忙活这些事情的，可是，她不放心离开医院。感觉要是让孩子离开自己的视线，心里就会发毛，就会不踏实。感觉魏母在那里，还不如不在。她不愿意自己的孙子，被这个冷脸瓜耷的外姓姥姥看着或抱着。所以，她只好把老头子和儿子打发回去，自己留在医院。

可是，在这个单间病房里面对魏母时，这两个人又绝对没有啥话可唠。就是以孩子为话题的话语都没有，这就让魏瑶感到很尴尬。

魏母俯下头，看了几眼孩子就要回去。她本想要回去给魏瑶煮点小米粥鸡蛋什么的，可是医生说得要等魏瑶排气之后，才能进食。魏瑶一直还没有排气的感觉。她也就不想与张母这样别扭地僵持着。

我先回去了，明天我再过来看你。魏母说着，起身就要走。魏瑶却一把扯住了母亲的手。她是不愿意她回去。她忽然觉得：以往对她那样关怀备至的婆婆，现在仅仅就是孩子的奶奶了，她一切的心思和关怀，都是冲着她孙子的。特别是紫馨临走时凑在她耳旁的一句悄悄话"在医院里，在紧急关头，哪个是娘家妈，哪个是婆婆，真是不用说，一下子就看出来了"。就更让她想象得到当时是怎样的情形了。当然，对那情景感叹不已的紫馨，还告诉了她魏母是怎样不顾医生的阻挡，闯进去的细节。所有这些，都让魏瑶对母亲有了重新的认识，让她感到了从未有过的亲切。

魏母放开魏瑶的手，还是走向了房门。可就在打开房门要迈出去的时候，随着魏瑶激动的叫喊声，她竟排气了，这可是家人都盼望的。魏瑶高兴地冲着魏母说，妈，我排气了。

听了这话，魏母折回身来，一直绷着的面孔终于有了点笑模样。张母同样是高兴的，只不过高兴的原因与魏母不大一样。

这时，魏母更是急着回家了，回家好给魏瑶做点能吃的东西，但被张母制止了。她看了看魏瑶身旁的孙子，又瞅了瞅魏母，犹豫了一下说，还是我回去做吧。我家里准备了优质小米，鸡蛋也是农村的笨鸡蛋，这月子饭，可是有讲究的。你还是留在这吧。对了，时常看看孩子尿没尿，别溻着！

张母的这番话，让魏母有了回击的把柄，她不紧不慢地说，你别忘了，你只生了张起航一个，我可是生了三个孩子！

张母一走，病房里就只剩下了魏瑶母女和褓褓中的孩子。在这段独处的时间里，魏瑶体味到二十多年都没有体味到的温暖。

张家都走了，魏母才抱过孩子。她努起嘴，轻轻地拍着，喜欢着。没有张家人在场，魏母才觉得孩子仅仅就是魏瑶的了，这孩子也是自己的大外孙子了。张家人在的时候，魏母感觉就完全不同了，特别是看到他们喜形于色的样子，就觉得孩子就是张家的,与她没啥关系。

　　她一边抱着孩子,一边和魏瑶说着话,大多是嘱咐魏瑶月子里都注意些什么,孩子都该注意些什么。魏瑶一边答应着,一边悉心感受着以往母亲没有过的温柔和关怀。

第六章　并蒂花红月不圆

紫馨和于军，是在魏瑶出月子前两天结的婚。他们没有张起航和魏瑶那样有模有样的婚礼，而是选择去青岛旅行结婚。这主要是为了省钱，但对于外人，于军就说两人是想追求一份浪漫，想在有月亮的海边留下两人的脚印。特别是在张起航面前，于军更是表现出他不拘于形式，标新立异的思想和做法。他不想在结婚这件大事上，也让张起航占了上风。

无论是在工作上、经济实力上，还是家庭上，于军感到自己和张起航的差距越拉越大了。特别是得知张起航的职位还要高升的消息后，他的心里就酸溜溜的。现在，又见他结婚生子、一派春风得意的样子。而自己依然是一个工资很低、默默无闻、家贫势单、整日机器人似的忙活在流水线上的小工人。就连结婚想操办个像点样的婚礼都做不到。就是这旅行结婚的钱，也是平时口攒肚挪那点可怜的积蓄，还有体弱多病的父亲，停了针和药，强撑着给一个单位打更赚的钱。这就时时让于军觉得高出张起航半头的自己，其实是矮于他的，除了外壳儿，哪哪都不如张起航。

他俩是同年进的啤酒厂，同时被分配到啤酒厂的包装车间。于军和张起航都在一条流水线上。因为俩人年龄相仿，再加上张起航为人大方，总请他吃吃喝喝的，俩人就成了关系不错的好哥们儿。

可是，同一"战壕"没多长时间，张起航凭借父亲的能耐进了销售科。进销售科没多久，就又坐上了销售科科长的位置。因为他说话有点口吃，上面领导特意在他身边安排了一个小助手，以协助他克服语言表达上的欠缺。而于军，仍是原地踏步在流水线当工人。这让他的心底很不服气。

他俩刚进厂当工人的时候，厂里是三天两头考试。只要一考试，张起航总是紧跟着于军，不是坐在他前后，就是坐在他左右。于军这边答着，他就那边抄着。可就是这样，张起航还是很少及格。他连抄都抄不明白，经常抄串行。虽然每次张起航都没有达到他想要的分数，但他仍然挺感激于军。

让张起航更加感动和念念不忘的，是那次晋升工资的考试。那天，张起航是坐在于军前面，因为是晋级考试，考场上也就形式化地安排了一个监考。这样一来，坐在于军前面的张起航，就不便总是回头问于军了。可他知道这次考试的重要性不同以往，急得他拿着笔的手不住地在卷面上敲打着。特别是他听到于军唰唰不停歇地在卷面上答题的声音时，就更是急得抓耳挠腮。

有限的考试时间是不等人的。张起航就着急了，他干咳了两声，给于军发求救信号。于军当然知道张起航在求助他。他本是想自己快点答题，答完了再偷摸塞给他几道分数高的大题。可一看到张起航那因为着急而不住抖动的双腿，于军就心软了，他猜得出此时张起航该是多么着急。想到平时张起航对自己哥们儿似的，觉得这回咋也得帮帮他。这样一想，于军就轻轻踢一下张起航的座椅，悄声说，把卷子递给我。尽管于军的声音很小很小，但时刻在捕捉于军动静的张起航还是很准确地听到了。他四下瞅了瞅，极快速地把自己的卷子递给后面的于军。于军索性就在张起航的这张卷子上答起来。

可是，当他把答完的卷子塞给张起航自己赶紧接着答题时，时间已经到了。监考人员让所有考试的人员把卷子扣放在桌子上，立刻走出考场。结果，于军为了替张起航答题，自己落下好几道题，导致这次关乎定级和工资的考试竟一反昔日的榜首位置，落在了张起航的后边。张起航的分数竟然高出于军30多分。

就是这一件事，让张起航感动得不得了。他就认为于军特别够哥们儿、够义气。就在当天晚上，张起航请于军到一个挺排场的酒馆喝了酒。喝到微醺兴致时，二人还结拜为兄弟了。

张起航不仅感激于军，还从心眼儿里也佩服他。他知道，于军在部队里就是小有名气的笔杆子，分配在这啤酒厂后，他不光是理论考试回回名列前茅，就是实际业务操作考试，也总是拿第一。工作上，更是没啥说。他承认，于军，是个人才，是棵好苗子。要是凭借真才实学的话，于军一定会干上去，大大地超越自己。

一想到这儿，张起航就有了一种前所未有的紧迫感，就觉得于军不单是他的朋友了，在工作单位上也是自己的对手。尽管有父亲撑腰做后盾，但张起航还是担忧有一天会被于军踩到脚下。

当张起航产生了这个压迫感和担忧后，他的心底就滋生一个念头，尽管这念头时时让他感到自责和愧疚，但是压迫感和担忧还是把他的自责和愧疚给吞没了。

产生这样的念头后，一连好多日子，张起航都是趁别人还都没来的时候，早早地进到车间。目光和思想在于军工作流水线的机器上滑动着、窥探着、跳跃着、思索着。最后，趁着没人，他在设备上做了点手脚……

于军在流水线作业时，瓶子爆炸，导致他本人和其他几个工人不同程度地受了伤。因为这个事故，于军被扣掉了当月奖金，还受到全厂通报批评的处分。

看到自己的伎俩得逞，张起航心里就轻松、敞亮了好多。

即使自身什么都不过硬，仅仅靠父亲的关系干上去，对于张起航来说，也是很容易的事情。就是没有那次于军代答的考试成绩，他也是会提上去的。但张起航明白，那样，毕竟缺少点铺垫，心里毕竟不是十分坦然。好在那次于军替他答卷的晋级考试，恰恰给了他很好的凭借和台阶儿。上面领导也很会抓住时机，趁这个当口儿就顺水推舟把张起航提到了销售科。

在于军家里最需要帮助和解决难题的时候，还真是张起航雪中送炭，慷慨解囊。那次，于军的父亲病重住院，需要一种注射药品，可是当时医院没有，张起航就通过父亲很快搞到了那种药，因为抢救及时，于军的父亲转危为安。当于军给他那笔挺多的药钱时，张起航说啥不要。于军硬给，他就急着说，咱还是哥们儿不？是哥们儿，你就收着！不收，我可跟你急！

看那架势，于军也就不打肿脸充胖子了。每一次张起航对他的救急，都让于军由衷地感激着张起航，都为有这样的铁哥们儿感到欣慰。

特别是张起航得知于军和紫馨要去旅行结婚时，更是不容分说，塞给他一沓装在信封里的礼金。张起航对于军能这样超乎寻常地帮助和付出，他自己都说不清是出于愧疚还是出于哥们儿的义气。他只是觉得这样做，自己良心上才会得到一点安慰，会让自己的愧疚降到最低，会让自己面对于军时，还能是以前那样的淡定、坦然和亲切。

面对张起航所做的一切，于军心里既感动又沉重，更是汗颜着。张起航结婚时，他除了能帮他出点力，结婚的贺礼也只是给了一床拉舍尔毛毯和一床鸭绒被。那还是母亲留给他结婚时用的，他是背着母亲偷偷拿出来的。张起航给予他的越多，就越让于军感到自己的卑微和自愧不如。

想到了这些，于军就对一直原地踏步的自己说了"不"。机会说来就来了。啤酒厂需要几个大货司机,于军就自告奋勇地报了名。领导见他长得高大魁梧又当过兵,虽然工作上出过事故,但工作劲头和热情还是让人们竖大拇指的,也就批准了他的报考要求。

先是理论学习,然后就是各种科目的考试、交规试题答卷、不同的练习模式等等,最后跟着教练实地驾驶演练。因为于军刻苦努力,很快就通过了各项考试,最终拿到了A2大货司机驾驶证。

于军能够走出车间考上大货司机,这是很令张起航高兴的。这就等于去掉了一个心头之患和强大的竞争对手。他觉得,如果于军一直在车间里,总是会有提升的机会,但是考上大货司机就不同了。一个"车老板儿",只能去和车打交道了,哪个领导能够提拔一个"车老板儿"呢?

想到这些,张起航心里就别提有多爽了。当时,为了能够更快、更顺利地促成于军成为大货司机,张起航还偷偷塞给过教练两条大中华,悄声嘱咐多给于军一些关照。教练对于军也就格外"关照"了。别人一天能练三次车,而于军却能够练七八次,甚至更多。所以,他是第一个通过了各项考试的。

于军就在考上了大货司机不久,和紫馨办理了结婚登记。

虽然他们没有张起航那样热闹、排场的婚礼,没有众多亲朋好友的参与和祝福,但他们依然感觉很幸福、甜蜜。紫馨一点没有因为没穿上婚纱而遗憾。她觉得只要是彼此真爱就足够了,更何况于军又那样的酷似自己心中的偶像。

他俩的确是不同于张起航和魏瑶的，没有过早品尝禁果。紫馨对自身的坚守，让于军对新婚之夜充满了向往。

物质上没有给过紫馨什么，这让于军很内疚。他觉得无论如何要让他们的新婚之夜充满温馨和浪漫，让紫馨感到快乐和幸福。

俩人是经过十几个小时的长途旅行，于翌日上午到的青岛。于军找了一家环境幽美、条件不错的宾馆。这个时候，他是不想再节省了，他想尽可能地奢侈一回，更何况兜里还揣着张起航给的那沓厚厚的礼金呢！怎么也得让紫馨享受到新婚的甜美和满足。

他们入住的这个宾馆叫红枫叶宾馆。于军觉得这宾馆的名字，正符合眼下的季节。这季节也是紫馨最喜欢的，它是成熟的充满丰收喜悦的季节。

他们入住的房间在6层，是整个宾馆楼层的中间。门牌号是606。于军很喜欢这几个数字。因为有两个6，他就顺口说道，有俩6好，这叫六六大顺。

俩人进了房间，那种清新和洁爽就伴着一种神秘、一种向往扑面而来。于军有些急不可耐地拥住紫馨，咬着她的耳朵说，这就是咱俩的新房了！还满意吗？

紫馨轻轻刮了一下于军的鼻子，微笑道，这还不像新房！咱俩得重新布置布置，让咱们的新房喜庆些。紫馨说着，就打开了自己的拉杆箱。

细心的紫馨对于他们的旅行结婚,准备得是相当的充分。皮箱里塞满了他们需要的东西。有红色的床单、被罩、枕套,有俩人更换的内衣,有大红的喜字和窗花,有花花绿绿的糖果,有瓜子花生,还有一盒尚未吹起的彩色气球。

见到这些东西,于军惊呆了。他压根没想到紫馨会带这些东西过来,而且还带得这样齐全。紫馨也没有提前告诉于军,她觉得这些细微的事情,不必让男人操心。同时,她也是想给于军一个惊喜。她更是想让自己憧憬了无数次的新婚之夜充满情调、充满色彩、充满温馨。尽管是一走一过的旅行,尽管是不属于自己的家,但她还是希望属于两个人的新婚之夜能在一个温馨浪漫的"家"中度过。

他们先是把雪白的床单、被罩、枕套统统换成紫馨带来的绣着花边儿的红色三件套,这让原本的冷色调变得温馨热烈起来。就连床头柜上的台灯,都被紫馨用一个大红色的纱巾给罩上了。末了,紫馨又在窗玻璃上贴上了喜字和窗花。

于军则把气球一个接一个地吹起来,然后把那些五颜六色的气球系成一长串儿,挂在四周墙角。不多时,一个充满喜气祥和的新房就在正午阳光的照耀下,光彩夺目地呈现在俩人面前。两个人,你瞅瞅我,我看看你,含情脉脉地一下子拥抱在一起。

不适时的敲门声突然响起,俩人只好迅速地分开。于军打开房门,一大束鲜花映入眼帘。鲜花后面站着笑容可掬的宾馆接待领班。祝福你们!这是我们经理让我送给你们的新婚祝福。

这真是意外的惊喜!于军、紫馨接过鲜花,连声感谢着。

对了,顺便告诉你们,宾馆食堂已经开始营业了,你们可以下去用餐了!接待领班转身要走时,紫馨却喊住了她,然后捧了一大把糖果塞给领班。

因为有了这一大束散发着馨香的鲜花加入,刚刚布置好的新房就更增添了些许鲜艳的色彩和温馨浪漫的情调。俩人凑近花束,闭着眼睛,悉心地闻着,脸上洋溢起幸福的笑容。

这一刻,紫馨真的特别惬意、特别高兴,她觉得每一分每一秒,每一个为新婚之夜准备的细节,都是在为即将到来的幸福弹奏着美妙的序曲。她喜欢这个过程、喜欢这样的节奏。她享受整个过程,可能比结果更美好、更缠绵、更值得回味。她愿意更长时间沉浸在这样美好的序曲中。她愿意被这序曲陶醉着,愿意让这序曲成为她幸福回忆的开篇。

于军却不同了。吃过午餐后,他就盼着夕阳快点隐进山底,月亮快点挂在树梢儿。尽管他们已经是合法夫妻,随时可以做想做的事情,但紫馨却一直坚持要把那美妙的时刻留到晚上,留给真正的新婚之夜。她不想让白昼扯破了新婚之夜的神秘面纱。猴急的于军也就只好遵循着紫馨。他不想违背紫馨意愿,他觉得紫馨能够不嫌他家贫,真心实意地爱着他,就已经很可贵了。自己应该顺着她,更何况新婚之夜就要到来呢。

夜，仿佛故意为难于军似的，还躲在天边不肯过来。于军感到自己经历的所有等待，都没有今天这个漫长，慢长得让他窒息、让他焦灼、让他难以自持。

月光透过落地窗纱静静地铺洒在溢满温馨的新房里，与笼着红晕的灯光交融在一起，使新房里的一切一切都变得格外的柔和、喜庆、温暖。

于军把一块崭新洁白的方巾垫在了俩人的身下，然后驾驶着爱的小船，高扬起远航的风帆，疾速驶进了激情澎湃的爱河里……

当他们结束了那悠长的、缠绵的、陶醉的"畅游"后，就如结束了航海，拉下风帆一样，于军赶忙从俩人的身下，取出那块洁白的方巾。他急切地想看到盛开在上面的"桃花"。为了能够看得仔细和清晰，他还把紫馨罩在台灯上的红色纱巾拿开了。

可是，他失望了，他的心唰地凉了！那块雪白的方巾上除了有些褶皱，仍旧雪白如新。这"雪白"，犹如刀子上闪烁的锋芒，一下子刺在了于军的心窝里！他的心突突地狂跳着，用有些颤抖的声调冲着紫馨，又像是冲着白方巾，梦呓似的嘟囔道，怎么会是这样？

我——我也不知道——紫馨啜嚅着。

你怎么会不知道？你怎么能不知道？于军低吼着。

无论紫馨怎样说没有，于军就是不相信。

回味着刚刚与紫馨有过的美好一切，看到如此性感、漂亮的紫馨，于军的心更是疼痛得难以忍受。

于军像被抽去了筋骨，有气无力地靠在枕头上。如果紫馨没有他认为的那么好，没有那么的丰满和性感，兴许于军的嫉妒还能小一些。他手中紧紧地攥着那块雪白的方巾，仿佛要把那雪白的方巾攥碎攥化攥为乌有。于军狠狠地咬着嘴唇，胸脯急剧地起伏着。

这个时候的紫馨面庞已有了泪痕。这泪痕在灯光的红晕中，泛着晶莹的光亮儿。可能就是紫馨楚楚可怜的样子，让于军的心倏地软了下来。

于军原打算在青岛玩一周再返回家乡，可是到第三天，他就决定返回了。他实在不想带着脑子里的那个鬼魅似的影子，一同逗留在作为新婚旅行目的地的青岛，他更不愿意把钱浪费在变了味的新婚蜜月里。

逗留期间，他还是带着紫馨去了海滩，看了大海，也看了夜晚海上升起的明月。可是，事先设想的那份浪漫却没有了。他们没有在海滩上留下他们的名字，却留下了脚印。只是那脚印不是紧挨的、并行的，而是相互分开、一前一后的。就算是这样，脚印也没有保留太久，很快就被涌过来的海浪给抹平了。

对于军而言，新婚之夜留给他的，就像刚刚退潮的海滩只留下一些残败的贝壳、腐烂的海白菜一样，没有值得去拾捡的意义。

新婚之夜，那是源于一种爱的共鸣与合奏、源于彼此共同的向往和激情。可是,在后来的俩人情爱中,无论是紫馨,还是于军,都感到变了味道。

他们就是带着这种"变了味道"的感觉离开了青岛,结束了仅仅三天的旅行结婚。

第七章　迈向下坡路

回来后的于军，并没有马上去上班，更没有打扰亲戚朋友。当然他也警告紫馨别出去，免得别人看见。他除了三天婚假外，还有平时攒下的十天的休息日。这样算起来，他就是十三天的假期。这么快就回来，他可不想让别人有什么猜测。张起航若是知道他们仅仅三天就跑回来了，一定会笑掉大牙。

于军的父母是和于军同住在一个院里，那是南北相对的两间平房。两个房间的距离也就十几米，房门对着房门，像是两只对望的眼睛，只要在各自的房间里活动，都会被这眼睛尽收眼底。于军的父母当然也奇怪他们怎么这么快就回来了，于军就说，为了省钱不想在外面多待，父母也就信以为真，暗地里还称赞这两个年轻人懂事，知道节俭。

窝在家里的滋味并不好过，因为那是有躲的意味。紫馨为了和于军同步，开始绣一个门帘来打发漫长的时间。可无所事事的于军就不行了。如果说在青岛，在那个布置得还挺温馨的房间里、在有着海风和美丽景色的大环境中，还能让他感受到有一点新婚的味道的话，那么回到家里，看到这破旧的平房，看到院落里的横七竖八的煤棚子、柴火垛，他的心就被挤得没了缝隙，就又感叹起自己的卑微。包括自己的新媳妇紫馨，因为，他永远记得那方巾上面的雪白。

实在是无法忍受，于军在家只待了一天就坚持不住了。第二天，外面下起了秋雨，还刮起了凉飕飕的秋风。秋风中，树木开始落叶，有的枯黄、有的半绿。

吃过了早饭，紫馨收拾完就回到了自己的南屋。于军先是在父母的房间里待了一会儿，昏暗中看到坐在炕角絮棉花做棉裤的母亲和依偎在桌子旁不住哮喘的父亲，于军的心就和这秋雨绵绵的天气一样，潮湿、阴冷、黯然。他有心无心地听了一会儿广播后，啪的一下关掉，又百无聊赖地回到自己的房间。

紫馨仍在圆形花撑子上绣着白色门帘。见到白色，于军就条件反射地烦躁起来。他就又想到了那块雪白的方巾，脑子里就又浮现出那模糊的鬼魅似的影子。他没有好气儿地把手中的水杯重重地放在桌子上，阴冷着口气说，你不觉得这颜色和这屋子不搭配吗？你应该选择黄色的，或者黑色的！

没等紫馨回答，于军就抓起门后的一把雨伞，踢开房门，冲进了雨中。拐过一条鸡肠子似的泥泞的小道儿，他就融进被秋雨笼罩着的大街上。

大街上，满地都是被雨水浸泡或行人践踏的树叶，这些树叶都狼狈地、沮丧地被秋雨抽打着，被秋风戏谑着。它们卷曲着身体，在湿漉漉的地上，翻着，滚着，滞留着，像是在无奈的幽咽，又像是在痛苦地吟唱。于军突然觉得自己就和这落叶一样，不知道秋风会把自己吹向何方。

于军——忽然一个声音，一个特别熟悉的声音，透过雨幕针尖似的刺进于军的耳鼓。于军马上就断定出，这声音属于张起航。想不到今天碰到的第一个人，竟然是他最怕见到的人。

于军丧气地停下脚步，抬高低垂着的雨伞，四下寻着声音的发出地。

在——在这呢。

循声望去，于军看见张起航正躲在一个不太起眼儿的饭馆的窗口里向他摆着手。

快——快进——进来！

于军迟疑了一下，还是无奈地迈开沉重的步子走进小饭馆。

张起航不是为了吃饭才来这饭馆，其实，他也压根不会到这样的小饭馆里吃饭，他是和一帮哥们儿到这里打麻将。这个不起眼儿的饭馆在一个小胡同里，穿过过道，越过两间屋子就是一个肃静隐秘的房间，这里是张起航经常光顾的一个地方。当然，若是酣战起来，肚子饿了，他也会顺便吃点什么。不过，每次想吃什么的时候，张起航都要到厨房里指点着厨子去做，只有这样他才能放心。

这天，张起航就是在厨房里转悠的时候，无意中看见于军的。尽管雨伞几乎遮住了于军的整个头部，但张起航还是一眼认出了他。不仅是因为街上几乎没有行人，主要是他太熟悉于军的身形了。

张起航拍了一下于军的肩膀，第一句话就是，你——你不是旅行结婚走——走了吗？是——是没去，还——还是回来了？

于军就料到张起航会这样问的，所以，在他走进饭馆前，就编好了回答他的理由。他说，紫馨水土不服，上吐下泻，我怕再待下去会更严重，就赶紧回来了。

张起航提醒厨子浑锅里的酸菜要多洗几遍，就把于军拽过一旁，他一边点燃一支烟，一边神秘地说，怎——怎么样？挺——好呗？张起航这笼统的问话，让于军不知怎么回答，就含糊地"嗯"了一声。

于军真希望张起航能转移话题。可是，张起航还要监督厨子洗酸菜，放的五花肉色泽好不好。所以，他就一直坐在靠窗边的凳子上，当然，他给于军也捞过来一把让他坐下。这种情形，张起航的话就没个完。话题就像散不开的旋风，总是围着于军不愿回答也不愿听的话题转。

张起航眼见着厨子把浑锅都装好了之后，才打住了话头。拉起于军就去了后院，说是带于军一块"搓"几把。于军本来是推辞的，他可没有心情玩麻将，更没闲钱做赌注。可这会儿，架不住被张起航连拉带拽，就身不由己地随着张起航进了一间屋子。

房间里乌烟瘴气的，聚集着六七个人。除了桌上玩的，还有站在一旁看的。张起航扯着于军给大伙介绍说是自己的好朋友，这几个人就都抬起头打了招呼。

看这帮人的态度,于军就看出张起航在这帮人中是个有分量的。别看在这帮人中他最矮小,却有着十足的权威。他的言谈举止,都显示出高于他们的气势。于军既感到作为张起航的朋友,在这帮人面前挺有面子,同时也加重着他的自卑。他暗想,就这么个矮小不起眼儿的张起航,竟能样样都顺畅得意。可自己呢?再高大潇洒、再风流倜傥,顶个屁用!还不是样样都落在人家之后吗?一想到这儿,于军的心就又满满的,就像被雨季的淤泥堵住的下水道,咋也通畅不起来了。

这圈麻将打完,桌上就有人让于军和张起航上场。于军说啥不上,一个劲地说自己不会打,看看热闹就行。可这几个人一再地推让着。张起航就冲于军也冲着大伙说,我——我和于军是——是好哥们儿,我俩不能同——同时上,还是让——让于军上,我——我给他支——支着儿。

于军推辞着,他猜得出他们玩的赌注一定小不了,自己兜里可没几个钱儿!可张起航硬是把于军摁在了麻将桌旁,掷地有声地说,你上,赢——赢了算你的,输——输了算我的!

就这样,于军如同是被赶上了架的鸭子——上场了。张起航还是挺有牌风的。他说是支着儿,其实,一直都是观牌不语。只是默默地看着于军打牌,时而也瞅瞅别人打的牌,就是不说一句话,也毫无什么表情,更没什么肢体动作。

可让于军想不到的是,很少打麻将的他今天居然手气特别好。不是自摸就是下蛋，不是报叫就是清一色，没几把，眼前的票子就有了一定的厚度。赢得多了他就有些不好意思再赢，就随意地出牌，意在让别人和几把。可就是随意瞎打、胡打还是赢，挡都挡不住。

第一次玩，又初次见张起航这帮朋友，这样搂起来没完，于军很有些过意不去。想罢手不玩，更不好开口，因为是赢家，总是不能先开口退场的。可要继续玩还是赢，就更让他不得劲儿了。恰好这时店老板喊着饭菜好了，这才算都退下场来。

大家聚在一起吃喝，推杯换盏，嘻嘻哈哈，很是热闹。一时，让于军憋闷的心里，透出了一点缝隙来。

酒桌上，张起航是一个特别能活跃气氛的人。那些荤嗑儿、素嗑儿，那些搞笑的段子，一经他那有些口吃的嘴说出来，竟能起到更幽默的效果。于军也就跟着笑，觉得和这帮人这样玩玩吃吃喝喝也挺不错的。他觉得酒真是一个好东西，它不仅能拉近人与人的距离，还能让人忘掉很多事情，无论是白的，还是黑的。

还有就是麻将。玩麻将时的那种刺激、那种全神贯注，更让他忘我。尤其是赢了的时候，那种惬意、那种舒畅、那种愉悦，瞬间让他忘掉所有的不快。

他们从过午，一直吃喝到傍晚。于军觉得自己是赢家，又是初次见这帮人，就抢着说这顿饭菜让他买单。张起航也就顺着于军的意思，没有与他争抢。

临别时，张起航拍着于军的肩膀，喷着酒气说，正好你——你还有假——假期，待着没事就来这里一起玩。我——我每天也就——就到单位点——点个卯，照——照个面儿，没啥事，我——我就到这来。那帮哥们儿也都附和着张起航，让于军以后过来一起玩。

于军也就从这天开始迷恋上了麻将。

于军是距离第一次玩完之后，隔了两天之后才开始去的。在他强按捺着自己没有去的那两天里，心里像长了草似的，坐卧不安。那打麻将的刺激与喝酒的酣畅，强烈地吸引着他。他觉得置身于那样场景中，自己好像就变成了另外一个人。他不想看到紫馨在雪白的白布上刺绣，不想看到哮喘得如同拉风箱似的父亲，不想看到总是坐在炕梢絮着棉花的母亲。

在剩下的假期里，于军天天上班似的去那个饭馆玩麻将。紫馨问他去哪里了，他不是说帮同学干点什么活，就是发小同学聚会。赢钱的时候，晚上回家偶尔会买些水果什么的，分别给他父母和紫馨拿过去，想弥补一点回家晚的歉疚。输钱的时候，他心情就格外阴郁，脸上就没有了好气色。

于军的手气当然不会总是那样好。在他赢了近千元之后，就一落千丈，怎么打怎么输。输了不甘心就想再捞回来，可越想捞回来就越是输。越是输心情就越是不好，心情越是不好，牌气也就越臭。输到口袋空空如也的时候，就朝朋友借，打下一张又一张欠条。

无论朝谁借，于军就是不朝张起航借。他觉得要是朝他借钱，就等于向他要钱一样。那样他就会更觉得自己低下卑微了。那个时候的于军已经和饭馆麻将点的那些人混得很熟了。即便张起航有事不去的时候，于军也能轻车熟路自行到那里去。就是假期休完后上班了，一有空闲，两只脚就身不由己地带着于军迈向了那个小饭馆。

为了改掉口吃的毛病，张起航定期到一家口吃矫正中心治疗。经过三个月的语言训练、心理疏导和语言塑造，张起航口吃的毛病还真的有了很大的改观。除了说话语速稍微慢点，几乎听不出口吃了。听不出口吃的张起航，就更是底气十足了，话也比平时多了。不知是有意要多练习练习说话，还是觉得以前憋在肚子里的话太多了，反正话就是比原来多了，特别是和于军在一起就更有说不完的话。但不是所有的话，于军都爱听。比如唠到家庭、唠到紫馨，于军就会马上打岔转移话题。

从打于军恋上了麻将，和张起航聚一起的时候就多了。在单位里，他俩倒不像以前天天能见面了。自打于军开了大货，就经常出车在外，很少在厂子了。在于军的心底，对张起航一直都是不太服气的。工作没啥能力的他，竟一步一个台阶，爬得挺快。他在矫正了口吃半年多后，又从销售科科长升到公司党办主任。而自认为有点才华的于军却只能是一个开大货的，这让他心里越发无法平衡。

那时，张起航的儿子已经牙牙学语了。可紫馨的肚子依然瘪瘪的，一点动静没有。

紫馨除了上班，就是在家里操持家务。因为是平房，每天都要烧炉子。烧炉子就要弄煤，就要劈柴。刚刚开始婚后生活时，于军多少还能帮紫馨干点家务，最起码，劈柴、扒炉灰、脱煤坯什么的。可是自打恋上麻将之后，他就把所有家务活都丢给了紫馨。别的紫馨还能勉强对付，生炉子却始终弄不好，经常是弄得满屋子浓烟，呛得她鼻涕一把泪一把的。往往都过了吃饭时间，炉火还没旺上来。对门的公婆实在看不下去了，就连饭带菜给她端过来一碗，要不就把她叫过去吃点。紫馨常常是含着泪水，低垂着头，把碗里的饭扒拉完的。

曾经无数次憧憬过的美好幸福，在经历柴米油盐生活琐事和于军对家的不关心、对她的冷漠之后，已经完全失去了想象中那份美好。酷似杜丘的于军曾经带给她的惊喜和浪漫，正被岁月的利齿一点点切碎。紫馨后悔了，她觉得自己真的就陷入了婚姻的坟墓中。

于军开始玩麻将时，回来晚了总是撒谎编各种晚归的理由。日久天长，总这样编来编去的于军觉得实在是太累心了，特别是输了的时候，就更没有了编理由的心情，索性就理直气壮，说和张起航一起玩麻将去了。他没有说和别人，而是把张起航挂在了口头，觉得紫馨毕竟熟悉张起航，说跟他在一起，总要比说跟别人在一起玩好一些。

实在忍无可忍的紫馨，就开始与于军有了争吵。没有争吵的时候，就像一堆点不着的湿柴，尽管冒点烟，总还是不见火的。

不管输赢，于军回家总还是能够收敛一些。可是一有了争吵，就好比柴上浇了油，一点就着。赢了钱还能好些，若是输了钱，于军就把气直接撒在紫馨身上。有时会大声吵嚷着，我输了，怎么了？娶了你，我把这辈子都输在你身上了，玩麻将输点钱算什么！这话像一把刀，直刺进了紫馨的心窝里。

有了第一次争吵，以后的吵架就成了家常便饭。到最后，竟升级到摔盘子摔碗，惊得同院住的父母不得不时时过来拉架。末了，紫馨的婆婆总是嘟囔着同样的话题，结婚快两年了，也没个孩子。这要是有孩子了，不就拴住他了吗？看看人家张起航，孩子都会跑了，你们可倒好，连个影都没有！

这哪是过来拉架啊，简直是火上浇油。

于是，在一次酒后，于军动手给紫馨一巴掌。也就是这一巴掌让紫馨的心彻底地凉了。她感到自己孤苦无依，要是自己的母亲还在，最起码还有个娘家可回，有个妈能说说心里话。可是，妈没了，娘家也就没了。想想她跟于军刚恋爱时于军给予她的关心和爱护，就让她觉得于军是世上最疼她的人，是她最亲的人，是那个可以一直陪她走完人生的人。可是，仅仅不到两年，一切都变得面目全非。

她暗想，或许自己对他再好点、再温存点，慢慢感化他，他就能转变过来吧。可是，无论紫馨怎样做都是徒劳的。相反，紫馨做得越好，越让于军觉得她是出于亏欠，出于心中有愧，他就变本加厉。

刷着黑漆的大门上挂着一个铜铃铛,只要大门一开一关,铜铃铛就会发出清脆的响声。而那本来是作为提醒家人大门开关的铜铃铛,竟成了牵动一家人心弦的物件。特别是夜晚,只要大门铃铛不响,东西厢房里的紫馨和公婆就都睡不着觉,就都得心绪不安地等着。但大门铃铛响了,他们迎来的又是什么呢?是于军拖沓踉跄的脚步声,是醉酒之后的干呕声……

有时候,在于军进屋之前,他那瘦高父亲就率先迎出来,或者帮着儿子处理吐出的秽物,或者为了避免他打骂紫馨直接把人领进自己的房间里。有时候,婆婆也会到紫馨这边劝慰一番,解释一番。他们觉得自己儿子总是这个样子,也实在是太委屈紫馨了。

住在本来不算大的平房里,紫馨竟感到了像原野一样的空旷,好像这房屋是一个始终张着大嘴的猛兽,她的每个夜晚都被这猛兽的大嘴咀嚼着、吞噬着。每当天刚刚放亮的时候,她的目光就会沉沉地凝视着湖蓝色窗帘上绣的那对鸳鸯,她的心里就酸酸的、涩涩的。

于军赌博,他的父母劝说过,责骂过。可是早已赌博成性的于军表面上答应得好好的,一转眼就又变回了老样子。偶尔于军按点下班回家,都会让紫馨和父母格外高兴。但这样的时候实在是太少了。

为约束点于军,哮喘的老父亲常常会骑上破旧的自行车去于军的车队,去张起航家,去他所知道的所有地方寻找于军。有时找到后也不给于军留面子，推倒麻将牌扯着于军就走。于军虽然很下不来台，却也不敢太过忤逆父亲。但回到家里，他就会把这怨气撒在紫馨身上，他觉得如果不是紫馨告状，父亲不会跟他过不去。

于军为了不让父亲再找到自己，去了更加隐秘的地方。空手而归的父亲每次看到紫馨屋子里的灯光，心里都特别不是滋味，对不顾家的赌徒儿子充满了怨恨。他为了弥补对紫馨的歉疚，尽可能地帮紫馨干点什么。

冬天了，屋子里如果不烧火就会冷得像冰窖一样。紫馨上班后，老两口就替她把炉火生着，有时干脆就让紫馨到他们那里一起吃饭。想不到老两口这么做倒让于军有了倚仗，索性更很少回家了。整天和张起航几个哥们儿耗在一起，吃喝、打麻将。为了刺激，赌注越下越大。对于赢的钱，于军也学着张起航的样子，慷慨大方地领着哥几个花天酒地，胡吃乱造。他越来越喜欢赌博的那种刺激感，无论是赢钱的振奋还是输钱的沮丧。

于军成了大货司机后，相比原来的车间收入略高些，至少公出到外地运输啤酒时会有补助。因为有补助，于军就愿意多跑长途。这补助的钱，不会在工资条上显示的，所以也就都成了他的赌资。对于外出补助的钱，于军可以跟父母和紫馨打埋伏，可工资就不能了。每月工资条那点固定有数的钱一目了然，那是必须用在家里的。看到张起航总是腰包鼓鼓地坐在麻将桌旁，于军就自惭形秽。大多时候，他都是壮着胆子上场的。赢了钱他就有了底垫儿,就想再赢更多。可是秃噜回去,直到最后又输了钱,他就没了底气,就开始心慌意乱,但又不甘服输,还要捞回来。往往就是在这样的情形下,于军越输越多,输红了眼的时候,就什么都不顾了,索性放开了借。一边是越玩越大的赌瘾,一边是越捅越大的窟窿。

为了满足赌瘾,也为了填补窟窿,于军开始动脑筋,想怎样才能快速赚到钱。

第八章　失足前后

在那个泥泞开化的春天里，于军和紫馨从父母那个院子里搬出去了。搬出去是父母的主意，于军的父亲是想打消于军对老人的指望，觉得要是他们自己单过了，兴许于军就会顾家一些，就不会总把紫馨一个人撇在家里了。

恰好那时出台优抚政策，因于军的父亲是抗美援朝的有功之臣，他原来所在供销社分给他一套住房。虽然也是平房，但终归要比他们现在住的要好些。主要的是近郊，离于军的那些麻友酒友都远了。可是，老人的愿望落空了。于军并没有因为离开了父母单独过就顾家了，反倒觉得更自由了。他除了每个月把工资连同工资条一起甩给紫馨，就什么也不管了。他觉得那已经可以了，紫馨对于他而言，也就配得到这些。于军始终觉得在他作为男人的尊严上，紫馨是让他打了折扣的。

和老人住在一起时，于军不回家，紫馨还不感到太害怕，因为毕竟和公婆一个院。可是搬到近郊之后，紫馨就彻底地孤独了。虽然是单位的家属区房，但也都是独门独院。白天还好一些,到了晚上就一片死寂,若是赶上刮风下雨打雷的天气,紫馨就更是胆战心惊,总是感到夜来得那样快,又是那样长。

这个时候,也是紫馨和魏瑶来往最频繁、走得最近的时候。赶上紫馨休息,她常常会约魏瑶到她家里来。当然,魏瑶是带着已经满地跑的儿子一起来的。无论孩子怎样叫、怎样吵、怎样淘气,紫馨都不嫌烦。她愿意看到、听到这种闹腾,更愿意让这份闹腾传出去,让别人觉得她的家还是有人气的。

魏瑶还是一如既往地胖,胖得符合她眼下的生活状态。她从打生了孩子,就一直没去上班,张起航说只要她相夫教子把家操持好,把儿子带好就行,挣钱养家是男人的事。魏瑶也感到这样很不错,于是就悠然闲适地做起全职太太。

每次魏瑶去紫馨家,紫馨都要留她们在家里待一天,偶尔也会留下陪紫馨住几天。要是魏瑶留宿,等把孩子哄睡了,也就到了两个女人说体己话的时候。俩人聊的话题里都少不了自己的男人。

当紫馨问魏瑶生活得幸不幸福、她和张起航相不相爱时,魏瑶就大咧咧地笑着说,这女人结了婚就那么回事了,什么爱不爱的,什么幸福不幸福的,只要是不愁吃不愁穿,什么都不缺,什么都充裕,有个家就行了,女人图个啥呀!

魏瑶说完这番话,就反问紫馨,你咋样?你觉得幸福吗?

紫馨就把目光投向窗外挂着圆月的树梢,幽幽地说,我并不奢求什么大富大贵,我觉得只要两个人朝夕相伴、相互关爱,男人能够给女人遮风挡雨，在女人最痛苦、最无助、最需要支撑的时候，男人能够说三个字，就三个字，我就会感觉得到了最大的幸福。说到这里紫馨突然就把话停住了，眼里有了点点泪光。

我爱你。一定是这三个字吧？魏瑶贴近紫馨的脸，马上接过话头。

不是。紫馨否定着。我说的这三个字是"有我在"！

紫馨一字一顿地说出的这三个字。花前月下的那些"我爱你"之类的话，是最最经不起时间打磨的。它就像闪烁着七彩光的肥皂泡，转眼就会破灭。可那句"有我在"就不同了，它让人踏实，让人心暖，让人有主心骨。有这样的男人在身边，才是最大的幸福，哪怕生活过得穷点、苦点、累点。

失望了？魏瑶直视着紫馨问。

因为我有过希望，所以也才会失望。紫馨答道。

怎么样？我就和你不一样了。我压根也没什么希望，就像我妈说的那样，嫁汉嫁汉，就是为了穿衣吃饭。我只要觉得生活过得好，有个孩子，有个家，就挺好的。别希望太多，希望多了，就累了。魏瑶说到这儿，问紫馨，对了，你们是有意不要孩子，还是一直没有哇？那次于军到我家，我听他对起航说是你们暂时不想要，为啥不要哇？

听了魏瑶的话，紫馨隐隐体恤到于军的无奈和苦楚，他为了一点自尊和面子，竟谎说不要。既然这样，紫馨只好顺着这话茬说,是不想要。魏瑶就一把拉起紫馨的手,一脸认真地说,不要可不对,这孩子就是两个人的绳子,有了孩子才能把两个人紧紧拴在一起。家也才像个家样。没孩子,可就像没有线的风筝了,说不上哪天就飞走了。

虽然我未婚先孕了,呵呵,当时还真感到挺丢人的。可现在再看看我儿子,我又挺高兴的了。最起码,儿子这么大了。说到这儿,魏瑶开心地笑了起来。紫馨却笑不出来,她奇怪着魏瑶竟能笑得这样舒展敞亮。不过,紫馨也真羡慕着魏瑶能够有这种轻松自如的心态。

紫馨也很想跟魏瑶倾诉一番自己的苦衷,说一说自己的憋闷。可话到嘴边又生生咽了回去。她可以做一个收纳箱,可以收进魏瑶任何想说的话,然后,封闭好,成为她们俩的秘密。可是,魏瑶就不同了。她可不是收纳箱,而是漏斗。她怕漏出去的话,再伤到于军的自尊。

但凡魏瑶去紫馨那里临要走的时候,紫馨都柔软着口气对魏瑶说,回家告诉张起航别总找于军打麻将。

每每听到这样的话,魏瑶就半真半假地数落道,怎么能说是我家起航找的呀?那于军是长着腿儿的,他自己去的那怨着谁了?说完,又是咯咯一阵大笑。

看到魏瑶的笑容,紫馨满心都是羡慕,她已经很久没有这样开怀了。苦闷的生活里,实在没有值得她一展笑脸的事情。

紫馨除了上班,就是待在空落清冷的家里。一个人做饭吃饭，总是毫无胃口。好像吃饭就是任务，就是不让自己饿着。每天她就是重复着这种无滋无味白开水似的日子。

紫馨感到特别孤独、憋闷的时候，也到魏瑶家里去。因为魏瑶一直不上班，要想见她也只能到她家里。她一是想和魏瑶说说话，二是也想见见张起航。她想通过张起航打探一下于军整天究竟都去哪里玩，玩到什么程度，在单位又是什么情况。可是，每次去都见不到张起航。问魏瑶，魏瑶说，他能忙什么？除了忙工作，就是忙应酬。末了，她还不以为然地说，一个大男人哪能像我似的总待在家里，只要他们把钱交到咱手里，就万事大吉了。

紫馨越来越感到和魏瑶没什么共同的话题可聊了。这就让紫馨很怀念结婚前她们那段美好时光。那时，她们是闺密。一同逛街一同上下班，一同说说女孩子们的悄悄话。遇到一些事情时，相互出出主意，可眼下，魏瑶整天拴在家里，满脑袋装的都是孩子、家、丈夫，好像外面的一切都与她无关了。那副悠然自得无所谓的样子，全然没有了以前的影子。无形中，紫馨心里又多了一分空落。

如果生活真的就如一潭死水也就罢了，可是，说不上何时，巨大的石块就会突然投进死水之中，继而沉寂的死水就会突然泛起轩然大波。紫馨如今面临的就是这样的境况。

在一个夏末秋初的上午，紫馨正在单位财会室忙工作，进来两个陌生人声称要找紫馨。这俩人自我介绍说，我们是于军单位的，找你说点事。看到财会室里好几个人都在往这边看，其中一个说，咱们还是出来说吧。

显然，这是不便让别人听到的事情。看看这俩人的神态，紫馨的心就怦怦地狂跳起来，她暗想，是不是于军开车出了什么事情？或者外出运输遇到了什么麻烦？

紫馨忐忑不安地随着二人来到外面。这两个人一个是于军车队的队长，一个是车队财务科的主管。

队长开门见山说出来意：我们今天来，是想问问你，于军在单位借了好几笔钱，这事儿你知不知道？是家里遇到什么困难吗？

这时，那个财务主管接过话茬儿，于军的欠款太多了，光他以外出运输差旅费的名义就预支一千多了，按规定时间总还不上，我们不能总是挂着账啊！我们现在要每月从他工资里扣除一部分，这事儿他跟家里说了吗？

队长接过话茬接着说，他不光是朝财会室以公出的名义借钱，我听说他还从工友那借了不少。我们今天来，就是想跟你了解一下，你知不知道这些情况。再一个，也是让你协助配合他赶快把钱还上。

他们的话让紫馨彻底惊呆了。她原以为于军就是不顾家，小打小闹地玩玩麻将，可无论如何没有想到事情竟然会发展到这步田地。

紫馨已经记不得她是怎样打发走那俩人的，她只觉得天旋地转，脑子嗡嗡作响，身上一点力气都没有，整个人就跟虚脱了一样。

这件事对紫馨如同是一层纸。如果这层纸一直还糊着，每个月于军总还是要给紫馨工资的。可是，当紫馨直面于军把这层纸捅破了之后，于军就彻底扯去了面纱，露出了本来面目。唯一伪装的、唯一隐瞒的、唯一为紫馨做的，都像统统扔进了火堆里的废纸，化为乌有，只留下漆黑的卷曲的灰屑。于军冲着紫馨叫喊着，你说咋办？反正这样了！都怨我倒霉，什么都倒霉！什么都不顺意！

捅破了这层窗户纸，于军也就不用每月再东借西借给紫馨所谓的工资了。这样一来，他反倒觉得轻松了。可是，外面还有那么多的窟窿等着他去堵，又让他苦恼万分。于军常常异想天开，要是自己下个大的赌注赢上一把，该有多好哇！那样就彻底可以洗手不赌了。

于军债台高筑，紫馨没敢告诉公婆，怕他们经不起这样的刺激。但没想到公婆还是知道了，因为有债主直接找到了他父母那里。父母气着、恨着，可又不能不管。紫馨几乎卖掉了自己所有的首饰，她实在不忍心让越来越多的债把越来越瘦的于军压垮。于军的父母也倾其所有，替于军还了一些债。可杯水车薪，还有那么多堵不上的窟窿。紫馨就决定把他们住的那个房子卖了，再搬回到公婆那里去住。当他把这个想法告诉了于军后，于军犹豫了一下，就很快答应了。欠债的滋味，让他不得安宁，更何况债主里还有一个地头蛇，扬言于军再不还钱，就剁了他一根手指。

于军恨张起航，如果那个雨天不是他把自己叫到那个饭馆，他也许不会有今天。更恨紫馨，如果不是紫馨让自己心里那样酸楚堵心，不是她连个孩子都怀不上，他也就不会憋闷地出去。不出去，也就碰不到张起航。碰不上张起航，也就不会掉入麻将的陷阱。

一想到要卖掉自己的房子，于军也感到心中有愧，看到跟他着急上火病情加重的父亲，他更是难受。可是，他已经是手插磨眼，拔不出手来了。

可思来想去，他还是觉得不能卖掉父亲的房子，也不想让父母低三下四地朝亲戚借钱，也不愿意看到紫馨为了省吃俭用顿顿吃咸菜。他觉得不管怎么说，自己都是个男人，自己欠下的债还得自己还！

于是，他加快实施预谋已久的计划。

为了暂时堵住那些窟窿还上欠债，于军不得不放下那点可怜的自尊，求到张起航头上。张起航倒是没有回绝，只是说他的闲钱大多买了国库券了，又说，还新买了一台车，所以手头没有多少钱，不过他可以朝他的朋友借。

于军明白，张起航是故意转了个弯。说朝他朋友借，是必须按期限还上，并且要带着利息的。如果说是他借，口口声声说是铁哥们儿的他怎好催促他还钱？又怎么好意思要利息呢？

于军想得一点没错，张起航的的确确就是这样想的。其实，他也真是不想借。可要说不借，面子上又过不去，只好转了个弯。看到昔日那样上进的于军，变成了今日的赌徒，张起航既有些幸灾乐祸，又免不了扼腕叹息。他也说不好自己为啥会有这样两种心态。

　　于军是立了字据打了欠条后，从张起航手中借到了两千块钱，堵上了窟窿。还了债之后，于军说不上心里是轻松了，还是更加沉重了。那边的窟窿是堵上了，可这边的窟窿又出来了。仅仅三个月的期限，还带着利息。于军身上像是压了一块大石头，令他喘不过气来。

　　但不管咋样，没有卖掉父亲分的房子，也没再让父母为了给他借钱，去求爷爷告奶奶，只是紫馨那点可怜的工资要承担起两个人的生活费用了。

　　这个时候的于军似乎收敛了一些以往对紫馨的态度，毕竟眼下是紫馨的一碗饭拨给他一半吃。虽然他依然渴望再入赌场，但终归还是没敢踏进去。他依然早出晚归，凡是有外出运输的活，他都揽下来，因为那样，除了有些补助外，还能够私下揽点运输的活增加点额外收入。他现在就是一门心思赚钱，赚更多的钱，把压得他喘不过气的债都还上，说不定将来也能过上张起航那样的生活。

　　在距离还钱期限还有两三天的时候，于军还真把钱连本带利还给了张起航。这很令张起航很意外，他咋也想不到于军在没有了工资进项，也没有再去赌场碰运气的情况下，竟能在这么快的时间里把钱还给他。张起航拍了拍于军的肩，意味深长地说，哥们儿，你真行，有你的。不过，别再去和那帮人赌了，你是永远玩不过他们的。张起航说到这儿，把话打住了，扯到了别的话题上。

结婚快三年了，于军第一次给紫馨买了一件衣服，也给父母买了一些营养品。赶上一个休息日，还买了不少菜，破天荒地在家亲自上灶，一家人吃了顿有滋有味的团圆饭。这顿饭，让一家人感到了从未有过的温暖和祥和。

可是，一切都像是春季变化无常的天气一样，刚刚还晴空万里，转眼间就乌云密布了。

就在他们吃完团圆饭的第二天，一辆警车驶进于军所在的啤酒厂大院。四五个穿着制服的警察来到车队问，于军在吗？哪个是于军？

看到这个架势，于军的脸当时就吓白了，他预感到这是东窗事发了，两条腿随着怦怦的心跳，筛糠般地颤抖起来。他战战兢兢地站出来，几个警察就把他带走了。

于军的确是出事了，出了大事了。他在不到三个月的时间里弄到好几千块钱，是因为那钱来路不正。原来，他每次外出运酒空车返回时，都会给一伙人拉一批货到一个指定的地点，并且大多是赶在夜晚。至于什么货，于军不知道。那些货都是用编织袋装着，有满车的时候，也有半车的时候。

于军认识这些人很偶然，不过，偶然里也隐藏着必然。当他第一次为了揽点私活把车停在了劳务市场门前后，就为这个"必然"提供了可乘之机。为显得招眼些，他还白底红字写了一个大牌子"空车配货"，等着有人租用他的车。

还真挺快，没等多长时间，就有两个中年男人走过来。一个是剃着光头戴着墨镜的彪形大汉，一个是戴着鸭舌帽，鹰钩鼻子走路有点坡脚的小个子。

俩人走近，上下左右打量了一番于军，满意地说，还挺稳当，不是咋咋呼呼的人，就是你了。以后，我们配货，你只管给我把这货拉到指定的地方就行。别的你什么也别打听，更不能跟任何人说。用不着讨价还价的，那样太不男人了，我给你的报酬，保证比任何雇主的高。一次一清。怎么样，干不干？那个彪形大汉一边说着一边把一支香烟递给于军。

于军预感这肯定不是正道来的东西，但为了能赚到钱，他也就顾不了那么多了。

那是一片尚未建完的楼区，但不知什么原因搁置下来，就半途而废杵在那里。四周一片肃静，只是有几个临时搭建的窝棚，住着拾荒的人。外面堆满了乱七八糟的破烂，还有几辆破旧的自行车和手推车，钢丝绳上晾着几件看不出本色的线衣线裤。

于军随着那两个人拐过几栋楼，就进到一个安上了门窗的房间里。里面很大，空旷得能听见人说话的回音，很像是一个大仓库。放眼望去，靠墙边堆放着好多的东西，有的是纸盒装的，有的装在编织袋里。

那个墨镜大汉指着那堆东西说，你今天先拉这些。我马上叫几个人来装车。当然，如果你也能帮着装更好，反正我不会亏待你。

不一会儿工夫就来了几个搬运工。再加上于军，几个人很快将这些货都装到了车上。墨镜和鹰钩鼻子一同坐进驾驶室。按着墨镜的引领，于军开上40多分钟，一路颠簸，到了郊区一个很大的农家大院里。大概是因为事先通融好了，车刚一到，大院里就出来几个人，七手八脚就把货卸了。

墨镜没有让于军下车，他从里怀兜里掏出一沓钱递给于军，然后说，以后只要你到这个县城送酒，车空出来，你就找我。

就这样，于军每次去这个县城送完酒，都按事先约定好的地方，取货、送货、拿钱。不到三个月，就赚到了够还账的数额。

于军本想赚够了还账的钱就离开这伙人，不给他们空车配货了，他想重新招揽临时配货的，宁可少赚一点，也不想继续参与这伙人的买卖了。他知道常在河边走没有不湿鞋的道理，因为他能感觉出这伙人不是善良之辈。可是没想到，鞋湿得这样快，还没等他把脚拔出来，就连脚带鞋一同陷到了泥坑里。

俩人才刚刚尝到甜头，于军这边就出事了。小姚当然不知道于军犯的是什么事，但不管这事与他俩的事有没有关系，小姚都担心着于军会把这事招出来。他就想与其等他把自己供出来，不如自己去自首，落个坦白从宽，毕竟出谋划策的都是于军。

经过几番思想斗争后，小姚去厂保卫科投案。真是一枪俩眼儿，那边本来还不知怎样的结果，这边又加上了砝码。于军这跟头栽得真是不轻了！厂子的人，交头接耳地议论着。

作为啤酒厂的工人，被警察带走，厂领导当然要知道因为什么、什么结果。经过双方沟通，确定了于军给那帮偷盗电缆的人私运赃物。就这一项，就得判个五六年。判了刑就是罪犯了！这让厂子所有人都不敢相信，以往那样文质彬彬、工作上进的于军，竟然会沦落成罪犯。

真如天塌下来一样。于军的父亲一气之下，病倒在床。而这个时候，紫馨发现自己怀孕了。紫馨和公婆正想等于军回家时，告诉他这个特大喜讯，可谁知他们等来的却是一个天大的灾难，犹如巨大的重锤，突然落下，把一家人都给砸趴下了。

精神上受到严重刺激的婆婆一下子就崩溃了。她哭天喊地，捶胸顿足，竟疯了一样一拳把房门的玻璃砸碎了，鲜红的血顺着手臂流淌下来。面对眼前的一切，紫馨傻了，蒙了，她已经哭不出来了，她不知道自己该怎么办。看到躺在炕上奄奄一息的公公，看到手臂流着鲜血乱喊乱叫的婆婆，好半天都没缓过神来，后来突然想到了魏瑶，心神才定了定。她让邻居帮忙照看一下两位老人，骑上公公那破旧的自行车，就不顾一切地朝张起航家奔去。

当张起航知道了于军被警察抓走，下班回家第一时间告诉了父母和魏瑶，假如有谁到家里了解于军的什么情况，就说一概不知道，千万不能说以前他们关系有多么好。他还特别嘱咐魏瑶，以后绝不能再跟紫馨有来往了，说她已经是罪犯的老婆了，绝不能和这样的人再有任何瓜葛。

听了这番话，魏瑶就替紫馨感到难过。她觉得于军是于军，他犯了法，可紫馨没犯法，为啥就不能和紫馨来往呢？所以，她也没怎么把张起航的警告当回事。

张起航见魏瑶不以为然，就大声呵斥。

本来对慧莲已经有些淡忘了的张起航，竟又在一个深夜梦到她。张起航就暗暗地假设，如果这个孩子是我和慧莲的，该是什么样呢？当初，要是能和慧莲有个孩子，她还会走吗？她现在怎样了，在乡下还是外出打工去了？她会不会也时常想起我们曾经在一起生活的日子呢？如果她现在知道我结了婚，还有了孩子，她会怎样看我呢？

每当张起航在家看到儿子时，他就很渴望在什么时候，突然见到慧莲，让她亲眼看到他的儿子，让她亲耳听到儿子喊他爸爸。他想见慧莲的那份渴望越来越强烈。

那天，当紫馨跑到张起航家求救时，正好张起航刚到家。还没等紫馨把自行车停放好，张起航赶紧冲魏瑶说了句，就——就说我没在家，然后就躲到楼上去了。

紫馨气喘吁吁地闯进屋，看到魏瑶眼泪止不住地流。她一把拉住魏瑶的手,一边哭泣,一边说着家里发生的变故。看到紫馨这个样子,魏瑶的鼻子也酸起来。可是,无论她心里怎样替紫馨难过,当紫馨问起张起航在不在的时候,魏瑶还是心口不一地说,起航出差去了,说不准啥时回来。说完,她很心虚地往楼上瞄了瞄。

听到魏瑶的回答,紫馨的心一下子沉到了谷底,目光里充满了绝望。这目光,让魏瑶觉得像是有无数的毛刺进她的皮肉里。魏瑶觉得此刻的紫馨,是那么可怜、无助,她真想帮帮她,哪怕是多陪陪她,给她一份支撑和安慰也好。可魏瑶不敢这么做,因为张起航的话,一直在耳旁响着。真对不起,我也没办法陪你……孩子,孩子起了水痘,闹着呢,离不开我。婆婆又身体不舒服在屋里躺着。唉,真是的,都赶一起了。魏瑶越说声音越小,越说心里越虚。她觉得面对这个样子的紫馨撒谎,心里特别愧疚。

紫馨抹了一把眼泪,长叹一声,说了句那就不打扰了。然后跌跌撞撞冲出房门。就在紫馨要骑上自行车离开时,魏瑶又从身后喊住了她。魏瑶迅速朝楼上看了一眼,从衣兜里掏出几张钞票塞到紫馨手里,悄声说,这点钱你先应应急,等哪天孩子好点了,我再去看你。

魏瑶给紫馨塞钱时,虽然是快速的、掩饰的,却还是被站在二楼窗角的张起航看见了。估摸紫馨走远了,张起航才从楼上下来,他径直蹿到魏瑶跟前,伸手就给了魏瑶一巴掌,低吼道,我——我跟你说什么了？你忘了吗？来——来往都不可以了，你怎么还、还能给她钱?!

魏瑶抬手拂了一把火辣辣的面颊，气咻咻地说，人不能太没良心了，紫馨对我那么好，结婚、生孩子、住院，都是紫馨陪我跑前跑后的，现在人家有难了，咱就不能帮帮人家？

张起航就涨红着脸说，你知——知道什么，这叫此一时，彼一时。人都——都是在变的。

紫馨心里一片茫然，她真不知道自己该怎样办，她忽然觉得自己好像是茫茫大海上的一叶孤舟，不知道风浪会让她漂向何方。路过一个军分区门口时，紫馨眼前忽然一亮，她一下子想起来公公曾经是军人，是战场上走下来的英雄，他现在这个样子了，应该有管的地方吧？

这样一想，魏瑶就掉转了车把，朝着公公的原单位供销社跑去。供销社还没有下班，紫馨找到了那里的一个主任，说公公突然病重卧床，爱人出了远门，婆婆精神错乱，手臂受伤，自己已有身孕，实在顾及不过来，请求领导能帮忙解解燃眉之急。

紫馨是绝不能说于军被警察抓走了，她不想让这样的儿子给英雄的父亲脸上抹黑。

主任听完紫馨的诉说后，就带上两个人随同紫馨去了他们家。等他们赶到的时候，公婆的家里已有了好多邻居。有把着紫馨的婆婆，防止她再乱打乱砸的，有在炕上不住地给上气不接下气的紫馨的公公摩挲胸脯的，也有在一旁不知所措干着急的。

供销社主任看到这一切之后,立马和在场的人们七手八脚地把于军的父亲抬到了车上,赶往医院。到了医院,医生看了看病人情况,然后就直接安排于军父亲去了重症室。看到于家这种情况,供销社主任就安排专人来护理于军父亲。因为于军父亲本身享受公费医疗待遇,再加上单位补助一些,总算没有让紫馨为了公公住院的费用难心。

于军父亲住进医院没几天,就撒手人寰。弥留之际,他叫过紫馨,拉着紫馨的手,用微弱的声音说,我……我走后,不……不管于军能……不能回来,都……都要告诉他……我……我不想见……见到他。苦……苦了你了。你……还年轻,于军,要是还、还那德行,你……你也就别……别将就了,再……走一家吧,只……只是,孩子别……别改姓……

话还没有说完,于军父亲就手一松、头一歪,咽了气。

因为于家没什么亲属,这帮人大多是于军父亲单位的人,也有邻居。这里应该有的人,都没在。一个是于军曾经的好友张起航,一个是于军的母亲。无论如何,张起航也不会以于军朋友的身份出现在于家的,也再也不会出于情分或礼节给予于军家什么帮助了。而魏瑶也只是在于军父亲出殡后的第二天,悄悄来到于军父母家看看紫馨,劝慰一番,就匆匆走了。

紫馨完全明白了张起航与于军是彻底分道扬镳了,昔日的友情都化作了乌有。事业顺利的张起航怎么肯与一个罪犯再称兄道弟呢？怎么还可能像从前那样有来有往呢？

于军父亲的去世，作为家里人，只有紫馨承受着这个事实和打击。婆婆精神不正常，整天是念叨着于军的乳名，时常会不由自主地哭、不由自主地笑。她已经不再没完没了地絮棉花、做针线活了。她就是要出去，毫无目的地游荡。

这个破碎的家里，就剩紫馨和她这疯婆婆了。怀了孕的紫馨，一边要上班，一边还要照顾婆婆，她感觉自己要被这样残酷的生活劈成碎片儿了。

紫馨按公公的遗言，没有将他去世的消息告诉于军，她也不想在于军面临判刑的情形下，告诉他这个噩耗，这无疑会让他雪上加霜，会让他更愧疚难过、灰心丧气。但是，紫馨却想告诉他自己怀孕的事情，一是想让他振奋起来，有个精神上的寄托和信念。好好改造，争取提前释放。再一个，就是不想等月份大了，或孩子出世了再告诉他。那样，多疑的于军一定又会胡乱猜疑了。

紫馨去看守所见了于军。仅仅两个月，于军似乎苍老、憔悴了许多。他穿着印有看守所字样的囚服，呆滞地对着紫馨，幽冷的目光让紫馨觉得比外面刮的寒风还冷。

于军想问，父母还好吗？他们现在怎样？可他问不出口。他知道，自己这个样子，父母怎么会好呢？与其亲耳听诸多的不好，不如就不问了。干裂的嘴唇动了动，最终什么话都没有说出来。

紫馨有满肚子想说的话，可是也不知从哪开口。看着离结束会面的时间越来越近，紫馨就加快着语速，脱口而出，我怀孕了。快三个月了。

什么？你说什么？

于军的五官都因为紫馨的这句话而痉挛。

紫馨又重复了一遍，我怀孕了。真的！

于军的复杂表情，忽然又一下子归于冷漠了，就像点燃的火花忽然又被风吹灭似的。他冷冷地说，咱俩结婚三年多了，你一直没怀孕，怎么赶上我不在家了，你竟怀孕了？

是呀，我也不知道怎么会是这样。紫馨讷讷道。

你又说你也不知道怎么会是这样，这是你的口头禅了是不是？我告诉你——

于军一字一顿地接着说，不管这孩子是不是我的，我都不认。假如真是我的，我不想让这孩子有个罪犯爸爸。如果不是我的，我更不想去当一个爸爸。

于军说到这儿，停顿了一下，长长叹了一口气说，咱们离婚吧！我觉得我有今天，都是因为你。从打咱俩结婚的那个新婚之夜，你就把一个鬼一样的阴影，带进了我的心里，我无时无刻不被这个鬼影折磨着、抽打着。我想摆脱，可是怎么也摆脱不掉。所以，我只能摆脱你。只有摆脱了你，那个鬼影才不会继续折磨我。离婚吧，以后你不要再来了，让我看到大着肚子的你，我会更难受，更不舒服！我只求快点离婚，我绝不想你的肚子越来越大时再离。尽快！说完，于军站起身，头也不回地走了。

紫馨原以为于军听说自己怀孕，能够振奋，能够高兴，至少能够生起一份希望，咋也没想到他会说出这番话，会断然提出离婚，而且是这样的决绝和急切。紫馨的心在颤抖，她整个人像被掏空了似的，只剩下一个空壳僵在那里。

于军的背影，像一堵灰突突的土墙，堵在了紫馨的心上，也堵在了她前行的路上。

心灰意冷的紫馨回到了那个全然不是家的家里。无奈的她，含泪写了离婚协议。于军的冷酷和决绝，让紫馨彻底绝望。签好了离婚协议后，她求魏瑶陪她一起去了看守所。她没有去见于军，而是让魏瑶替自己把协议带给于军。

看到了来见自己的是魏瑶，于军心里更增加了对紫馨的怨恨。他认为紫馨可以让别人陪她来，但这个人不能是魏瑶。他当然不知道魏瑶是背着张起航来的，他觉得，魏瑶看到了他这个落魄的样子，一定会学给张起航听。他现在不想见到任何熟悉他的人，特别是张起航。他觉得现在的自己，会让张起航更瞧不起。于军也恨着张起航。他觉得自己走到今天，张起航就是引子，就是催化剂。

面对魏瑶，于军就像是面对路人似的。魏瑶有些尴尬，但还是觉得应该跟于军说点什么。时间就是流水，几年的时间会很快过去的，你也会很快出来的。好好的，日子长着呢。

听了魏瑶的话，一抹像是自嘲的冷笑挂在于军嘴角。他一直无语，只是机械地在离婚协议上签了字，就转身离开了接见室的窗口。

就这样，紫馨和于军离婚了。当于军老姨得知了姐姐家发生的一切后，立马从农村赶了过来。她到了于家，先是翻箱倒柜，抢先弄到手里一些觉得有价值的东西，然后，就连人带房产一起接手过来。包括原来于军和紫馨住的南面的那间房子。紫馨当然知道他们就是冲着家产来接疯婆婆的，但已经离了婚的她，也没资格多说什么。

很快于军的老姨带着全家就从乡下搬到了城里，和于军的母亲一起生活。可不知是他们离不开家乡土地住不惯城里，还是觉得租出去有份额外收入更好，没住多久，他们就带着于军母亲回了乡下。

紫馨仍旧住在于军父亲单位分的那个房子里。空前的孤独包围着她。这个时候，紫馨特别怀念起和魏瑶在一起的时光。但如今的魏瑶有些身不由己了。不过，魏瑶每次来都会买不少东西。有水果、点心，还有麦乳精和奶粉什么的，她嘱咐紫馨孕期要注意，别抻着、别累着，多补充些营养。临走时又对她说，于军都跟你离婚了，你还要留着肚子里的孩子吗？你要是留下这孩子，你以后怎么办？孤儿寡母的，可就更难了，也是负担哪！不如趁胎儿还小赶紧做掉吧，那样你最起码还可以找个人家，过得好点。

紫馨的回答却十分坚决干脆，我一定要留下这个孩子，这是我苦苦盼了三年的孩子。虽然他来得不是时候,但不管怎么样,我都要留下,我宁可永远一个人过,也要留下这孩子。

见紫馨这样坚决,魏瑶也就无话可说了。那也好,至少孩子是你的骨肉,也是你的陪伴和寄托。

第九章　冬日里的温暖

刚刚进入冬天，紫馨就感觉特别冷，是从心里往外的那种冷。尽管她事先把门窗的缝隙都用裁成条的报纸糊上了，但少有人气儿的屋子还是阴冷阴冷的。只要她回到家里，大多时候都是围着棉被偎在炕头上。只有到吃饭的时候才下地，在炉火上热点饭菜对付对付。她在挨着日子，北方的冬天那么漫长，但总归是挨一天就离春天更近一天。

当她的肚子渐渐隆起，有了明显的胎动时，下了入冬以来的第一场大雪。厚厚的雪像大棉被似的把整个世界都包裹起来。门前的小道儿也都被大雪覆盖了，天地之间，白茫茫一片。

一阵锹与雪地碰击的声音，把那个被大雪笼罩着的清晨唤醒了。同时，被唤醒的还有紫馨。拉开窗帘，就扑面而来一股寒气，窗玻璃上结满厚厚的霜花。紫馨把嘴贴近窗户，用热气哈化一个能够看到外面的圆。外面，各家各户都在自扫门前雪。一条条小路通到自己家的院门前，但到了她家门前就被雪地给隔断了。紫馨穿上棉衣棉裤，戴上帽子和手套，推开房门出去。从墙角里找到一把铁锹，笨拙吃力地把雪一点点推到墙边，力求让接连的通道也能从她门前延伸下去。她不想让邻居一目了然看到自己院门前的积雪，阻断了清扫出的道路，让人家笑话这家人懒惰。

不过，铲雪也不是什么轻松的活。就在她累得呼哧气喘的时候，身后突然响起唰唰的清雪声音。一个男人的声音传来，你放下吧！这个样子怎么还要你出来清雪呢？你家其他人呢？

紫馨回过头，看见是东院的邻居，别人都喊他小徐。小徐是供销社的采购员，30岁左右，长得高大魁梧。

紫馨没有回答小徐的问话，只是轻声说了声谢谢。不等她推辞，小徐已经手脚麻利地挥动起大扫帚，左右开弓，脚下立马呈现一条黄土小道儿，这小道儿就与邻居家门的小道儿衔接起来融为一体……

也就是从这次清雪后，凡是再下雪，小徐都是早早把他家连同紫馨门前的雪一同清扫了。对于别人的帮助，紫馨不能默不作声，瞅空就隔着低矮的院墙说声感谢的话。

就这样，原本不太熟悉也没有说过话的两个人，就算正式认识了，再碰面或者同时出现在院子里时，就有了一言半语的交流。

从打和小徐成为邻居，紫馨就没见过小徐家还有其他什么人，就是他自己，但小徐却是见过于军。在于军和紫馨搬过来时，于军偶尔回家，小徐也碰到过。因为不大隔音的墙壁，会让住在邻院的人多少知晓些邻居家里的情形。以前于军和紫馨吵架的声音，小徐也听到过几回。

因为这是于军父亲所在的供销社的家属房区，所以，他家发生的事，没过多久就传得人尽皆知了。小徐自然也就对紫馨的现状多少有了一些了解。他虽然不知道紫馨已经离婚，但他却知道了紫馨的男人被判了刑。

在知道紫馨这些情况前，他只是以为紫馨的男人从事跑外工作，不常在家。可自打知道实情之后，小徐就有意无意地回避起紫馨来。凡是紫馨在院子里做什么的时候，他都躲到房间里。避免着再有些什么交流。他知道寡妇门前是非多，紫馨虽然算不上寡妇，但毕竟男人长期不在家。他可不想因为自己的不谨慎，让家属区里长舌妇编造出紫馨什么桃色新闻来。

躲在屋子里的小徐，心里并不平静。他总是不自觉地站到窗前，透过矮矮的院墙，远远地注视着紫馨。每当他看到紫馨腆着肚子，从仓房往外拎煤块，或者是抱引火柴火时，他的心都很不是滋味，就有冲过去帮帮她的想法。但想想，叹了口气，索性离开窗户去做别的，免得看在眼里，愧在心里。他觉得，一个大肚子孕妇独自去干这些活计，谁看见了都要去帮帮的。作为大男人，更是看不下眼去。可正因为是男人，正因为紫馨是一个独居的女人，他才不好过去帮她。

一个周日的早晨，天边刚刚被朝阳染上一抹金辉，紫馨的屋子里就有了动静。紫馨厨房的墙壁正对着小徐的卧室，不太隔音的墙壁，只要两面有什么声响，都会隐约听得到。

小徐先是听到一下一下间断着的劈柴的声音，然后，就是紫馨一阵的咳嗽，虽然隔着一堵墙什么也看不到，但是，那该是什么样的画面还是清晰地闪现在小徐的眼前：一个孕妇，拖着笨重的身体，忍着寒冷，艰难地劈柴、生火。这看不到却想象得到的一幕，让小徐无论如何坐不住了。他起身穿上棉衣，弓起中指和食指，叩着墙壁。那边一下子静了下来，显然是听见了这叩击声。

紫馨以为是周日的大清早动静弄大了，影响了小徐的休息，人家才敲墙以告知小点声的。她就停下了劈柴，慢慢哈下腰，塞进炉膛一大团报纸，想用点燃的纸和那刚刚劈下的两个小木屑把煤块点着。

紫馨刚刚点着火，就听院子里有噼里啪啦的声响，她慢慢站起身，走出房门，看见小徐正从院墙那边，把劈好的碎柴块儿扔了过来。看到紫馨出来，小徐轻声说，你现在这个样子，怎么还能劈柴呢！你把院门打开，我帮你生炉子吧。

紫馨用手抹了一把挂着灰屑的额头，也轻声地说，谢谢你，不用了，我自己可以的。

那就用这些柴火点吧，你别再劈柴了。见紫馨谢绝着，小徐只好这样告诉她。

这时，被紫馨塞进炉膛里的报纸，呼呼地冒起浓烟。浓烟呛得紫馨又是一阵剧烈的咳嗽，这声音像锯齿一样锯着小徐。他实在是忍不下去了，一步跨上院墙，翻到紫馨这边的院子里。他生怕吓着紫馨，声音很轻柔地说，你放下吧，我来帮你。

紫馨慢慢站起身，回过头来，说不清是感动还是被烟呛的，两行泪水顺着憔悴的面颊滚下来。

小徐让紫馨先回里屋去。紫馨愣了一下,还是听话地进了里屋。外屋的烟渐渐散了,炉膛的火也呼呼地着了起来,冰冷的屋子也有了温度。小徐添好了煤块,盖上了炉盖儿,冲着关着门的里屋说,炉子点着了,我走了。说完,他便顺着原路返回了自己的家。

本想说声谢谢的紫馨出来时,小徐早已没了人影。望着收拾得利利落落的外屋。望着亮堂堂的炉火,她想到孤苦伶仃的自己,眼泪又不争气地流下来。

也就是从这天开始,小徐就趁紫馨上班的时候,翻过院墙到紫馨的院子里,替她把成块的大木头劈成一小块一小块的烧柴,一摞摞地码在仓房一角儿,再把大块的煤砸成易燃的小块儿,装到大编织袋里,放在煤堆旁。他还从自己家拿过来一大袋子点火用的木刨花。做完这一切后,他又像小偷似的翻墙回自家的院子。估计着紫馨那边柴火煤用得差不多了,小徐就再次翻过院墙,把该准备好的东西都准备好。

虽然小徐一直默默地帮着紫馨,但两个人之间的交流却很少,即便是在院子里看见了,或者是出去时遇到了,也都是点下头,或匆匆说句上班了或下班了之类的话,没有一点多余的言语。紫馨完全理解小徐的心理,如果不是孤男寡女,怎么走动,怎么帮助,都不会犯什么说道;可孤男寡女就不同了,即便是清清白白的交往和帮助,也容易被世俗的人们编造出好多版本的瞎话来。

　　至于小徐成没成家有没有媳妇，紫馨并不清楚，唯一能确认的就是至少目前小徐是一个人生活。出出进进，形单影只，没看过有女人的迹象。虽然小徐是躲闪地偷偷帮助着紫馨，但紫馨却不能心安理得。那样，她会于心不忍，她会感到自己不近人情。她也就想着自己能帮着他做点什么，可是自己笨手笨脚的，又能帮他做什么呢？

　　紫馨怀孕8个月的时候就不能上班了，脚脖子肿得穿不进去鞋了，只能趿拉双拖鞋。休假在家后，她才知道小徐中午不是在单位吃，而是回家里吃。小徐的单位离家并不近，可他却习惯了每天中午回家做饭。只要他一回来，透过不大隔音的墙壁，紫馨就会听到他厨房里锅碗瓢盆的声响。紫馨几乎听不到他炒菜炝锅的声音和味道，只能看到袅袅的热气舔着房门的边缘飘出来。有一次，紫馨隔着院墙，看到他垃圾桶里的挂面包装纸，紫馨就想，莫不是他总是在吃挂面？

　　这样一想，再做中午饭时紫馨就带出小徐的份。第一次，紫馨做的是大米饭，芹菜炒肉片，还炝拌了一个菠菜花生米。待中午小徐回来的时候，把饭盒从院墙上面递过去，轻声说，我多做了些，你趁热吃吧！

　　可小徐却拒绝了，说，不用，我有现成的，你留着吃吧。

　　不过紫馨的一句话，让他不能再拒绝。紫馨说，咱们是邻居，你帮了我那么多忙，我都接受了，我给你做点吃的你都不接受,那以后,我也不会再接受你的帮助。

紫馨说这番话的时候,眼里噙满了泪花。看到这泪花,小徐不再犹豫,伸手接过了紫馨递过来的饭盒。

从这天开始,每天中午做饭,紫馨都带出小徐的。可没过几天小徐中午就不回家吃饭了。紫馨不用想,也明白小徐是在刻意回避她。

小徐是有意不回去的。他既不忍心拒绝紫馨的好意,又不忍心让一个大着肚子的孕妇给自己做饭吃,尽管是捎带的。

从打紫馨在家待产,小徐干什么都轻手轻脚的了,他总怕吵到紫馨。虽然有一堵墙隔着,可这堵墙却隔不断自己对墙那边的那个人无形的牵挂。

有一天,紫馨坐在院子里晒太阳时,恰好小徐在院子里脱煤坯,小徐就走近院墙,悄声对紫馨说,以后家里有什么事尽管吱声。我肯定比你大,你就把我当成你亲哥吧。无论你那边有什么事情,只要敲敲墙,我就过去帮你。对了,如果你信得过我的话,就给我一把你院门的钥匙吧!我看你仓房里的煤和黄泥都不多了,我帮你买来,也好直接给你拉到院里。这总不能靠跳墙来来往往,像个小偷似的。

这是从打他俩认识以来,小徐对紫馨说得最多的一次。

紫馨去掉了姓氏叫了声哥,就哽咽着说不出什么了,末了,还是没忘记说出两个字:谢谢。

有了这样一个可以称为哥的人住在隔壁,紫馨心里就踏实了很多。无论冬天的风再怎样把窗户刮得啪啪作响,无论漆黑的夜再怎样的漫长,只要想到墙的那边,有一个可以帮助她、可以保护她的男人,紫馨的心里就宽慰了许多。

紫馨家里的水龙头坏了,灯泡坏了,洗菜盆的下水道堵了,都是紫馨敲了墙让小徐过来帮忙解决的。但每一次过来,小徐都是直奔活计去,从不东瞅西看。修完该修的,坐都不坐一下就匆匆离开。这既是紫馨希望的,也是令她失落的。她总觉得应该对这样帮助自己的人,能够了解多一点,至少,她想知道他现在究竟是什么状况。紫馨不想一直接受一个像谜一样的人的帮助。

腊七腊八冻掉下巴,这是北方最寒冷的时候。尽管炉火一直烧着,可是,有限的热气还是抵挡不过四壁的冰冷,因为一凉着,紫馨的腿就抽筋,她只好插上了电暖风。可是,刚刚插上不一会儿,啪的一声,屋子就全黑了。

紫馨一下子慌了神儿,一时又摸不到火柴和蜡烛,她就慢慢蹭到厨房,敲起小徐的墙壁。她立马就听见隔壁门响,小徐出来了,看见紫馨这边满屋黑着,就知道是电闸短路了。他返回屋里拿了手电和工具,翻过院墙来到紫馨屋里。站在凳子上,打开电表箱,很快,满屋的通亮一下子驱走了黑暗。紫馨拿过一盘水果,还有一盘瓜子,冲着从凳子上下来的小徐说,哥,坐下歇会儿,说说话。

这次,小徐没有马上离开。他觉得,面对一脸诚恳的紫馨,若是再头不抬眼不睁地离开,就会有点不礼貌,也怕紫馨不信任自己。再说，他们还从来没有真正唠过什么嗑儿。

小徐很拘谨地坐下来，想要点燃一支烟，但马上又把烟揣进衣兜。他十指用力地互相扣着，紧张得不得了。紫馨看小徐比自己还紧张，就率先打破了弥漫在俩人间的沉默，哥，咱们认识这么久，我还不了解你的情况呢，和我说说吧。

紫馨轻柔的话像一缕春风，彻底融化了小徐紧张的情绪。他慢慢说起了自己的故事。

你只是知道我是供销社的一个采购员，其实，别的你什么都不知道。我是从农村来到这个城市的。那年正好招工。因为我对水暖和木工、瓦工都懂一点，就被供销社留下了。那时，我还年轻，工作也肯干，正好当时需要采购员。我就又干上了这一行。

我是一个结过婚的人。但我没有保护好我的妻子跟孩子。

小徐是瞅着地面儿断断续续把自己的故事说完。他说得很慢，仿佛一个罪犯在警察面前交代自己犯下的罪行一样，眼里流露的全是悔恨。

紫馨惊呆了，她不知道小徐为什么要把自己完完全全、毫无保留地呈现在她面前。小徐也惊呆了，他也不明白自己为什么会对紫馨讲述憋在心里许久的往事。小徐想，我和紫馨是不是上辈子就认识了，为什么会毫无保留地把自己最怕被人知道的丑事和盘托出？

显然，紫馨完全沉浸在小徐的诉说里面了。等小徐讲完，紫馨轻声说，谢谢你，能把我当成亲妹子，说出你的心里话。人非圣贤，谁能无过？知道错了改了就好。紫馨是这样说的，也是这样想的。

紫馨本也想向小徐倾吐一番自己，可是打住了，她觉得小徐已经知道了于军是判刑的盗窃犯就足够了，她不想说自己已经是离婚的女人。她不想在另一个单身的男人面前，表白自己单身。她只是梦呓似的说道，一切不幸，都会过去的。

临走时，小徐幽幽地对紫馨说，我不知道你听了我跟你说的这些，会怎样看我。但无论怎样看我，我都会继续帮助你的。没有别的目的和企图，就是因为你怀着孕，需要帮助和照顾。你就让我赎罪吧！

说完了这番话，小徐就走出房门。

在紫馨临预产期还有半个多月的时候，魏瑶来到紫馨的身边。恰好那个时候，张起航去外地出差了，去了很远的地方。说是公出，这很令魏瑶高兴，因为她正好可以利用这段时间好好陪陪紫馨，兴许还能一直陪到她生下孩子。

对于于军和紫馨离婚这事，张起航一直不知道。尽管魏瑶几次忍不住想告诉他，可又怕说漏了嘴，让张起航知道她去见了于军。可是，终于还是有一天实在又憋不住，她就转了个弯儿，说是从别人那里听说的。

当张起航听到这消息后，就觉得于军真的是彻底完蛋了。对于他来说什么都没了，连家老婆带孩子都失去了。他是一边剔着牙，一边听完魏瑶告诉他的这件事。他一脸的漠然，就像听一个与他毫无相干的人的事情。当初血酒相融的哥们儿义气,早已被他丢到九霄云外去了。

魏瑶之所以告诉张起航这件事,主要目的是让张起航不再阻止她和紫馨来往。魏瑶觉得,紫馨既然和于军离婚了,也就和于军脱离了关系,她和紫馨就可以像从前那样做好闺密了。

张起航好像猜出魏瑶的想法,一针见血地说,就是——是紫馨和于军离婚了,你也尽——量少接触紫馨。毕竟以前他——他们是夫妻。

魏瑶仍想去看看紫馨。她知道紫馨现在是多么需要身边有个人陪伴和照顾。紫馨没什么娘家人,又离了婚,真是孤苦无依。作为昔日的好闺密,在魏瑶最需要帮助的时候,没有帮衬上她,这让魏瑶想起来心里就觉得歉疚。

魏瑶在张起航动身的第二天就来到紫馨的住处。魏瑶从家走时,对公婆说是抱孩子回娘家住半个月。她回到娘家后就把紫馨的情况跟母亲说了,孩子就交给母亲看着了。

魏瑶的母亲是挺喜欢自己的大外孙子的。再说,听说是去陪紫馨,魏母也没有反对,她也一直记着紫馨的好。

紫馨一听说魏瑶能陪她十天半个月,高兴得不得了。她紧紧地拉着魏瑶的手不住地摇动着,眼睛里竟闪烁起晶莹的泪花。魏瑶说话大嗓门,她这一来,紫馨这空落落的屋子里,一下子充满了人气儿和活力,好像一下子增加了不少人似的。

墙那边的小徐,自然知道了紫馨这里来了个大嗓门的姐妹,听到她们欢声笑语的,他也挺为紫馨高兴。

当天晚上,紫馨让魏瑶做了好几道菜。她是想把小徐找来一起吃顿饭。因为是三个人了,她就没有了顾虑,也坦然了,她相信小徐也一定是这样的感觉。

魏瑶当然不知道紫馨内心里的这个想法。当饭菜摆好的时候,紫馨才对魏瑶说,想把隔壁的徐哥叫来一起吃。这可把魏瑶问愣了,她睁大着眼睛,惊奇地嚷道:"紫馨,你行啊!真有你的,这边刚离了不久,就有接班的了。"

你别瞎说,不是你想的那样。徐哥是个好心人,平时,砸煤劈柴什么的,帮我不少忙,我一直也没机会谢谢人家,这回正好你来了,就一起吃顿饭,表示一下谢意。

魏瑶笑眯眯地看着紫馨说,那好哇,去叫吧,我也想看看你的徐哥是个什么样的人!

紫馨就走到厨房站定,弓起指头叩着墙壁。紧跟着,就听那边房门的响动,然后就听小徐说,什么事呀?

紫馨就轻声说,哥,你过来一趟。说完,她马上又补充一句,从院门走吧!

紫馨敲墙的动作和两人的对话,让魏瑶瞪大了眼睛,她悄声问紫馨,都有接头暗号了?我来这里,是不是多余了?我可别充当插门的杠子?

紫馨就捣她一拳,你别瞎说,我刚才不是跟你说了吗?我就是出于一种谢意。我只是把他当作亲哥一样,他拿我也当亲妹子。

听到小徐已经过来，紫馨连忙比画了一个噤声的手势，好了，他过来了，你可别瞎说啊！

小徐走进屋来，原以为又是什么东西坏了，看到一桌子饭菜才明白了是咋回事。就听紫馨向魏瑶介绍说，这是我哥，亲哥一样的哥。然后又转向魏瑶向小徐介绍，这是我好姐妹魏瑶。今天是我最高兴的日子，因为她来陪我了，正好，今天也把哥叫来，咱们一起吃顿饭，借此，也谢谢哥对我的帮助。

听紫馨这样说，小徐赶忙道，刚刚还说是亲哥一样的哥呢，怎么这会儿又客气上了？我吃过了，你俩吃吧，我回家还有点事。

小徐说完就转身要走，却被魏瑶拦住了，魏瑶也随着紫馨的称呼说，哥，就算你不给紫馨面子，咋也给我个面子吧，这饭菜是我做的，管它好吃不好吃的，来都来了，就一起吃顿饭呗！也算让紫馨热闹一下。

紫馨已经摆好了三副碗筷，小徐只好坐下来。

因为有魏瑶在，小徐再去帮紫馨做什么就坦然多了；因为有魏瑶在，小徐也可以大大方方地从院门出出进进了。

凡是晴朗的日子，魏瑶和紫馨就穿得像企鹅似的，相互揽着在院子里来回走动。往往这个时候，小徐只要在家，不是在他的院里隔着院墙和魏瑶紫馨唠嗑儿，就是也到紫馨的院里帮着再备点煤块和烧柴什么的。

细心的小徐，预想到紫馨坐月子时一定得用电暖风。他怕电闸容量小再跳闸，就给换了新的。紫馨这边做了什么好吃的，叫他一起过来吃，小徐也不太推辞了。

紫馨和魏瑶闲聊时，说到紫馨想吃冻秋梨，小徐就上了心，特意买了一筐给送了过去。他也想趁着魏瑶在这儿，多帮紫馨做点什么。下班没事的时候，他就过到这边，几乎把所有的木头墩子都劈成了小块儿的烧柴，也几乎把所有的大煤块儿都砸成了易燃的小煤块，然后都规规矩矩码成垛，堆成堆儿。

魏瑶在紫馨那刚刚待到第三天，魏瑶母亲就抱着外孙子来了，还带来了给紫馨准备的一些婴儿用的东西。原来，到了晚上，孩子就哭着找妈妈。魏母实在哄不下去了，打听着供销社的家属房，找到了紫馨这里。魏瑶总不能带着孩子陪着紫馨，魏母就对魏瑶说，实在不行，我在这里陪着紫馨，你先抱孩子回去吧。

紫馨说，不用了，我没事的，你们都回去吧。魏瑶都陪我三天了。我已经联系好了妇产医院，临近要生时我就住院去了。

那这段时间你自己能行吗？魏母不无担忧地说。魏瑶一下子就想到了小徐，只是没好意思当着魏母的面说出来。魏瑶见到小徐的那一天，就迫不及待地问过紫馨，紫馨就简单地跟她说了小徐的情况。魏瑶就直截了当地说，你们俩一个是孤男，一个是寡女，又只是一墙之隔，我看徐哥这人还不错，挺男人的，我觉得你们俩特别般配。魏瑶一想到这儿，就直截了当对紫馨说，就算我和我妈都不在这儿，也能放心。如今有一个最合适、最现成的人，你可别不舍得用啊！

魏瑶通过这几天的感觉和观察，觉得小徐对紫馨真的不是一般的好。有这样一个男人去帮忙照顾紫馨，魏瑶特别放心。再说了，这俩人都是单身，这正是培养感情的好机会。

魏瑶这样一想，也就顺从了紫馨的意思，抱着孩子随母亲一道离开了。

魏瑶一走，屋里立刻又归于死寂。有了这强烈的反差对比，让紫馨更加感到一个人时的孤独和沉寂。这边一趋于沉寂，小徐那边也同样感到了空落。魏瑶没走时，他还能很坦然地过去帮着做点什么，魏瑶一走只剩下紫馨一个人，他就又回归到之前的心理状态了，就算心里特别想过去看看，帮着做点什么也不好过去了。他的心总是在纠结着、牵绊着。凡是在院子里见到紫馨时，他总是悄声重复那句话，有什么事，你就赶紧告诉我！

离预产期原本还有三四天，紫馨就准备好了入院该带的东西，就想在预产期的前一天告诉魏瑶。她不想过早地住进医院，那样会更多地麻烦魏瑶，也会增加不必要的开销。

可就在准备完东西的夜晚，紫馨的肚子突然一阵阵剧烈地疼痛起来。疼得她忍不住地呻吟。听到声音的小徐，慌乱地穿了衣服，就从院墙跳到紫馨的院子。他一边敲打着房门，一边喊着紫馨的名字。这是他从打认识紫馨以来，第一次叫她的名字。

听到这声呼唤，紫馨就如同溺水的人，看到了一艘小船一样，想立刻下地去开门，可疼痛竟让她半天下不了地。这就让等在门外的小徐急得什么似的，就在他想要破门而入时，紫馨捂着肚子总算挪到门前，用力打开了门插销。

房门一开，小徐就冲了进来。上前一把托住了摇摇欲坠的紫馨。

小徐越是尽量避免被别人看见误解，别人越是以为小徐是在偷偷摸摸。特别是紫馨临分娩的那个夜晚，医院救护车的鸣叫，划破了夜空，惊醒了邻居，也让这孤男寡女两个人彻底曝光在众人面前了。就好像人们的谣传和瞎话得到了证实一般，人们更是交头接耳，议论纷纷了。

这个时候的小徐，已经顾不上邻居们怎样嚼舌了，他唯一想的，就是赶紧把紫馨送到医院，保护好两条生命。

紫馨上了救护车之后，小徐才赶紧给魏瑶打了电话。到了医院，紫馨的羊水已经破了，刻不容缓，马上就被送进了手术室。因为是夜半时分，走廊里空荡荡的，只有小徐一个人焦急地踱着步。他的心情忐忑而复杂。

当魏瑶气喘吁吁赶到医院时，正好听见产房里传出婴儿的啼哭声。又过了好一会儿，护士才抱着婴儿走出来。恭喜，你媳妇顺利生产，一个大胖小子，七斤八两。

护士的这番话，让小徐的脸腾地红了。如果就他自己在场，也就不必解释了，可是身边还有魏瑶，他就想更正或说明什么。可还没等他开口，魏瑶已经接过孩子抢先说，是呀，看看你这大胖儿子多好！弄得小徐不知说什么好，只能嗫嚅道，母子平安就

167

好，母子平安就好！

紫馨坐月子时，正是冬天最冷的时候，一想到孤苦伶仃的紫馨，要带着一个幼小的婴儿在那个寒冷的房子里坐月子，小徐的心就一揪一揪地难受。

虽然他满眼都是人们怪异的表情，满耳都是邻居的窃窃私语，可这会儿的他已经顾不上这些了。反正身正不怕影子斜，那些无聊的、嚼舌头的人，爱怎么嚼就怎么嚼去吧。

在紫馨生完孩子的第二天，小徐就请了假，他想赶在紫馨出院前给她屋子里砌个火墙。小徐把两组不用的暖气片，分割成四个薄片，然后，与砖和泥沙组合的火墙砌成一个整体，上面再用水泥抹成一个光亮的平面，既美观好看，散热面积又大。砌成后，敞开一扇窗户，就开始不住地烧火烘干。

为了尽快地烘干，小徐把自己院子里一块大木头劈了，把烧柴扔了过来，昼夜不停地烧火。他关严了门窗，感受着屋里扑面而来的热流，想象着紫馨和那幼小的婴儿能够在暖和的屋子里坐月子。为了防止门口进风，小徐还用自己不穿的旧棉大衣，缝合成一个棉门帘子。当然，为了防止煤气中毒，还做了一个很大的风斗安到了窗子上。

紫馨要出院了。小徐去的时候，魏瑶和魏母都在那里，看见小徐送饭来，熟悉了的同病房的姐妹都跟小徐打招呼，她们咋也想不到这俩人压根就不是两口子。

魏瑶见小徐来了，就笑着对紫馨说，想回家了吧？这不，接你们娘儿俩的人来了。说完,她意味深长地看了一眼小徐。魏母也心领神会地附和。

魏母接过小徐手里的保温饭盒,对紫馨说,再吃点吧,这可是小徐刚做的,还热乎着呢。

小徐俯身凝视起襁褓中的婴儿,那专注、悉心的神情充满父亲一般的慈爱。

眼前的情景,竟让紫馨突然间想起于军。假如一切都没发生,假如眼前的小徐是于军,那该是多么温馨、完整、幸福的一家人啊!可是,本该是自己丈夫、孩子爸爸的那个男人却进了监狱,和自己离了婚。而眼下站在自己面前、给予自己诸多帮助和关心的男人,却是与自己一壁之隔的邻居。难道这就是人们说的流水无意?

紫馨本来是吃过了东西不想再吃的,可是,面对一脸关心的小徐,她还是把小米粥捧着手里,香甜地喝起来。与其说是喝粥,不如说她是在感受着一个男人无声的爱。

当紫馨推开自己家的房门时,眼前的一切,让她惊呆了,她愣在那里。屋里换成了大肚铁炉子的炉火,透过炉壁,正泛着暗淡的橘红色,屋里的火墙上新安的土暖气,也正把温暖散发到屋子的每个角落。

我说徐哥,你可真是太厉害了,才几天时间啊,就让屋子里有了这么大的变化?你——你真是个好男人,我都被你感动了,紫馨有你真幸福!

紫馨更是哽咽着说不出一句话来，只是任凭泪水在脸上滚淌着。

紫馨是坐月子的人可不兴哭，你还是留着你的感动慢慢享受吧。魏瑶大着嗓门嚷嚷。

魏母轻轻把孩子放在热乎乎的炕上，感慨道，这回好了，宝宝冻不着喽，还是家里好哇！

就是，就是，我也听说坐月子不能哭。小徐搓着手，深深地看了紫馨一眼。不知为什么，他看见紫馨流泪就心疼。眼下，没有什么可干的了，小徐就站起身。那你们就都歇歇吧，仓房里我又备了不少的煤块和烧柴，这会儿也别省着，屋子暖和就行。我，我就先回去了。

小徐曾经多次问过自己：这样帮助、心疼和爱怜她，是不是喜欢上了她？但他一次次地否定着。他觉得如果是有企图的帮助，那就是对紫馨的亵渎。

就在小徐转身之际，魏瑶喊住了他。徐哥，我孩子小，离不开我，我又不能把孩子也带到这来，一会儿我就得回去了，我妈能在这陪陪她。可也得回去，家里也离不开她。我觉得无论谁陪在紫馨身边，都不如你最好、最合适。有你这样的好男人照顾着紫馨，我和我妈都放心。

魏瑶！紫馨喊住了魏瑶，冲着小徐说，哥，你别听魏瑶瞎说，你回去吧，你帮了我这么多的忙，已经让我感激不尽了，不好再麻烦你了。谢谢你帮我做这么多事情。

她转向魏瑶说，你就是要在这儿，我也不会留你的，你儿子一定会找妈妈，你赶紧回去吧。让阿姨陪我几天就行，教教我如何带孩子。我没那么娇贵。现在屋子也暖和了，就什么都好说了。

本来想走的小徐听了她们这番话有些迟疑，自己一个大男人，别的忙可以帮，这月子里的忙怎么帮啊？

见小徐犹豫，魏瑶马上趁热打铁说，徐哥，我觉得你就别做哥哥了，就做紫馨的……

魏瑶！紫馨再次喊住魏瑶，她猜到她想要说什么。她不想让小徐为难，更不想让小徐背上什么包袱。他是我哥，我俩都说过了，他就是我亲哥，我就是他亲妹子。

就算你俩这样井水不犯河水，别人会这样看吗？魏瑶不满地看着紫馨。

其实，魏瑶早已和母亲商量好了，紫馨这个月子由母亲在这照料。她可以顶替母亲在娘家给父亲做点饭照顾一下家。她是故意说她们都要走的，她想趁这个机会让紫馨和小徐有更多的接触，促成他们的好事。她觉得小徐比张起航、比于军都男人、都值得依靠。

但显然，她有些操之过急了。无论是小徐，还是紫馨，都还没有做好跨越关系的准备。

小徐临走时很无奈地对魏母说：大姨，你就多陪紫馨几天吧，剩下的我想想办法。我单位有一个做饭的农村大姐，她一天给我们单位就做一顿中午饭，其余时间都没事。人也干净老实，我若跟她商量商量，她一定能过来。

听了小徐这番话，魏瑶就觉得没戏了，心说，我的意思可不是这样。既然你这样想做哥哥，那你就省省吧，还是我们陪紫馨，用不着你去雇了。

就这样，紫馨的这个月子就由魏母伺候着了。因为有个人在身边，小徐对紫馨的帮助就方便了很多，凡是劈柴、和煤、点炉子都是他默默地帮着，甚至该买什么菜的时候也都是他捎回来。这样，魏母也能轻松点。

在孩子还差两天满月的时候，去南方公出的张起航回来了。魏瑶就从娘家回了婆家。她当然不能说自己是替换伺候紫馨月子的母亲回的娘家，只是说父亲身体不好了，在家里陪陪他们。但魏瑶还是拐弯抹角地告诉张起航，紫馨生了孩子，快满月了。还点点滴滴透露那么一点关于小徐帮助紫馨的片段。

张起航猜得出魏瑶一定会去的，并且也一定会陪上几天。说到生孩子，他自然也想到魏瑶生孩子时紫馨的忙前忙后。想到这儿，他觉得也应该表示一下，反正于军已经和她离婚了，扯不上什么了。特别是听魏瑶说到的关于小徐的话题，他就觉得有了新主儿的紫馨，和于军也就更没什么关系了。就是仅仅出于人情的一种回馈，也还是应该表示一下的。

张起航就装了个红包，准备和魏瑶一起过去看看。这很令魏瑶高兴，最起码张起航改变了一点态度。他能改变态度，魏瑶就觉得自己和紫馨又可以像从前那样来往了。

紫馨孩子满月那天，张起航和魏瑶一同出现在紫馨的家里。因为于军出事，他们好长时间没有任何联系了，见面时竟感到陌生了很多，这就让紫馨感到完全没有了昔日朋友间的亲近。彼此显示出的都是有了距离的寒暄。因为恰逢满月，紫馨就让小徐找个饭店张罗了一桌酒席，既算是满月酒，也算是答谢宴。没有告诉别人，就是魏瑶、魏母、张起航还有他们三岁半的儿子。这边，就是紫馨、小徐，还有幼小的婴儿。大小人都算上才七口人。

也就是在这次酒席上，张起航认识了小徐。张起航看着比自己几乎高出一头的小徐，心里在暗暗嘀咕：外在看，还真不比于军差，比于军更有男人气，自然比自己就更强多了。不过张起航马上挺了挺胸膛，暗想，别看自己矮小，我可比你们有势力，有实力。看看你小徐，当然包括紫馨和原来的于军，在你们还都住着平房、烧着土炕、骑着破旧自行车、当工人出苦力的时候，我张起航早已住上了小独楼，冬天有暖气，出门小轿车，在单位可以发号施令。什么是男人？这才是男人！

张起航一想到这儿，十足的底气就把自己承托了起来。在临告别时，就昂首挺胸地拍了拍小徐的肩膀，拉着官腔儿说，认识了，就是朋友嘛，以后，有什么事吱声！

小徐象征性地和张起航握了握手，心说，有什么事也不会找你的。他对第一次见面就喋喋不休、高谈阔论的张起航没什么好印象，他看不惯张起航那股子高高在上的牛劲儿。

第十章　藤能缠树树也缠藤

紫馨总算是熬过了这个月子,这个月子让她感到特别漫长。无论是魏母还是小徐,看到他们每天为自己忙这忙那,紫馨心里总是过意不去。

在魏母临要走时,紫馨悄悄把自己的一副金耳环包在一个小绒袋里,塞到了魏母的衣兜里。当她送魏母上了公交车后,才对她指了指她的衣兜,示意她衣兜里有东西。魏母就摸了摸,嘴上嚷着,这孩子,你这是干啥呀?外道了不是?

紫馨的回报让她笑得很灿烂,就如冬日里的暖阳。

至于小徐,紫馨早就想好了,以后不再让他下班冷锅冷灶地自己做饭吃了,就在一起吃。一个独居的男人,洗洗涮涮的活计,她也就一起做了。她觉得小徐为了帮助她,什么都不顾忌了,那自己还有啥顾忌的?又不是有妇之夫和有夫之妇偷鸡摸狗,别人愿意咋说就咋说。自己的路,自己走。

可是,当紫馨把自己的想法跟小徐说了之后,小徐竟不同意这样做。他说,你放心,我会永远这样帮着你的。你一个女人带着孩子够不容易的了,我怎么能让你再为我分担什么呢!咱们还像从前那样,不管你有什么事,尽管吱声。记着,我就是你亲哥。

小徐的这番话,让紫馨心里既温暖又难过。她实在找不出还有什么可以回报小徐的了,而这唯一可以做到的,又被他这样断然拒绝了。她强忍住眼里的泪水,垂着头,一边轻轻摇晃着怀里的孩子,一边轻轻地说,你要是实在不愿那样,那你把你家门的钥匙也放我这一把,最起码你下班回家,能有点热乎气儿,既然你一再说你是我亲哥,那妹妹总该有一把钥匙,这也不为过吧?

紫馨把话都说到这分儿上了,小徐就无法再拒绝了,紫馨是眼含着泪水说出这番话的。他就说,那行吧,不过,你千万别为我操心,要是那样的话,我可就收回钥匙了。

拿到钥匙的紫馨,就由不得小徐了。第二天,下班回家的小徐,就感到自己清冷的家,有了翻天覆地的变化。厨房干干净净,井井有条。正燃着火的炉子上坐着锅,锅里煨着散发着香味的饭菜。屋子里也收拾得利利索索,全然没有了以往的那种缺少女人打理的凌乱。

这时,小徐听墙那边紫馨逗孩子的声音,还有孩子隐隐约约的啼哭声,虽然是被墙隔着,但这一切还是让小徐感到格外的温馨、格外的温暖,让他忽然感到生活中有了生机、多了色彩。

可是,他的心马上又沉落下来,他完全想象得出紫馨该是怎样的又要顾及孩子,又要到他这里来做这些家务。他猜想得到,紫馨一定是趁孩子睡了，赶忙抽空过来帮着做了这一切的，然后又要时时抽空再回去看看孩子醒没醒。

想到这儿，小徐怎么也吃不下这冒着热气儿、散发着香味的饭菜了。他敲了几下墙壁，待紫馨那边有了回声，他就把嘴贴近墙壁说，你那方便吗？我过去一趟。

小徐进到屋子，才知道紫馨还没吃饭，她正一只手抱着孩子，一只手用饭勺搅动锅里的粥。桌子上的大茶缸中温着孩子的奶瓶。紫馨因为奶水很少，根本喂不饱孩子，只得补充奶粉。这会儿，紫馨怀里的孩子还在不住地哭闹着。

看着紫馨这么孤独无助地带着一个幼小的孩子生活，小徐深深体味到她的不易。一想到在这个状态下，她还去自己那收拾屋子和做饭，从来都是有泪不轻弹的小徐，这会儿却流下了眼泪。他就想，与其紫馨两个屋子里忙忙活活，不如就按她说的，在一起做着吃吧。

小徐接过紫馨怀里的孩子，用力吸了一下鼻子，说，昨天你不是说咱俩一起做着吃吗？听你的，就按你说的办吧！我那炉子不用你管，我下班回家自己烧，再说，我也有电暖风，要是冷的话，我可以用上。你一定要听我的，孩子这么小，你千万别累着自己。

听小徐说同意一起吃，紫馨的心就像开了一扇窗户，一下子充满了阳光。虽然是兄妹似的家，但对于他俩而言，也是温暖的、快乐的。

那天晚上，小徐还是第一次抱孩子。他也是学着紫馨的样子，双手托住孩子的腰横抱在胸前，咿咿呀呀地哄着、逗着。

他站在紫馨身边哄着孩子，紫馨在厨房里做着饭菜。这幅温馨、祥和、生动的画面，竟让紫馨又不合时宜地想起于军。她和于军生活了三年，何曾有过这样温馨的一幕哇！眼前的小徐，竟让她感受到从未有过的温暖和依靠。哪怕他是在一墙之隔的那一边，紫馨的心里都有了莫大的安慰和支撑。

一晃，年就来到了。小徐本应该回老家看看的，虽然父母都不在了，毕竟还有哥和弟弟。但看到一个人带着孩子无处可去的紫馨，他就打消了回老家的念头。他们之间的牵挂，已经穿越了那堵墙。那堵墙，只是他们恪守自己不越雷池的一条界线。

为了让这个年过得和别人家一样温馨热闹，小徐提前好几天就把年货都买齐了。紫馨也把自己和小徐屋子里该洗该擦的都收拾得干干净净、亮亮堂堂。她还悄悄给小徐买了一件驼色的羊绒衫，在给小徐整理房间时，悄悄放在被子的隔层里。两个人都为这个年，为对方营造着一份喜庆。

年三十的早上，小徐就把自己和紫馨的院门和房门都贴上了对联，高高挑起一个大红灯笼。紫馨还在两个屋子的门和窗户上，贴了鲜艳的窗花和大红的福字，白茫茫的雪地，耀眼的阳光，把他们的家映衬得红彤彤的，充满了红红火火的喜庆。

只有那个大年三十的夜晚、那个千家万户守岁不眠的夜晚，小徐才在紫馨那里，陪她和孩子一直待在天亮。他们一起吃了年夜饭和饺子，一起看了光彩夺目的烟花，一起哄着可爱的宝宝。

夜半时分，新春来临的时刻，小徐神秘地让紫馨闭上眼睛，然后在她手心儿里轻轻放了一件礼物。紫馨睁开眼睛看到一枚漂亮的镶嵌着红玛瑙的银针胸花时，特别开心。真好看！真好看！她抬头看看小徐，低下头，十分羞涩地对小徐说，哥……你给我戴上吧！

看到紫馨红着的脸，小徐的心怦怦狂跳起来，他不敢去接近。

他艰难地移开视线，胸针还是……还是你自己戴，我怕戴不好，弄弯了针。对了，我还给宝宝准备了压岁钱，这个我得亲自给宝宝。小徐说着俯下身，把用红纸包的压岁钱塞到包到孩子的小被里。

紫馨的脸有些发烫，她没想到小徐会拒绝，还是隐隐有些失落。

过了年三十，小徐和紫馨就正式进入了同吃不同住的崭新生活模式。

小徐下班回家的脚步比原来急切了、轻盈了，他不再像以前那样回到自己的屋子，而是直接回到紫馨那里。

孩子要是睡了，他就和紫馨一起忙活着做饭，孩子要是醒着就一个看孩子，一个做饭菜。

小徐不让紫馨出去买粮买菜，都是他估摸着快吃完了就提前买回来。他听老人说猪蹄下奶，就时常会给紫馨买上几个猪蹄子。从打小徐和紫馨一起做饭吃之后，他就感到自己的日子一下子活泛起来、生动起来。就感觉自己每天的生活里都有了实实在在的内容，自己也有了奔头儿。

平时小徐晚上下了班，就和紫馨一同吃饭，一同照看孩子。吃完了饭，都收拾妥当，小徐再回到自己的屋里。当然，这期间，他先是把自己屋里的炉火生着，回去睡觉时，屋子也就暖和了。

日复一日，小徐就觉得缺少不了这样的生活模式了，尽管他是累着的，但他是心甘情愿的，心里也是舒畅。

每当看到紫馨忙碌着的身影，看到孩子咿咿呀呀地动着胳膊、蹬着小腿儿，他就产生了一个男人充当保护者的责任感。渐渐地，他和紫馨、孩子，两个一墙之隔的家融为了一体。

小徐下班回来再碰到邻居时，也不再像以前那样躲躲闪闪，而是大大方方地进进出出。有时，别人看见他径直走进紫馨的院子就笑着问他，下班回家了，他也就点头应允。有几次孩子闹毛病都是小徐抱着孩子陪同紫馨去的医院，邻居见了，就冲紫馨说，这一家三口是去哪呀？紫馨也就很坦然地回答对方。无论外人怎么说，怎么认为他俩，紫馨和小徐都从来不去做任何解释。

这一天，小徐看到孩子会翻身了，竟高兴得嚷了起来，嗨，宝宝会翻身了！他赶忙喊过紫馨过来看。紫馨放下手里的活计，欣喜地站在小徐身旁，一同看着小家伙成长的表演。

宝宝这个名字，是孩子刚出生时小徐顺嘴叫出来的，紫馨也就一直延续着这么叫了。她觉得这也算是小徐给孩子起的小名了。她也愿意永远这样叫下去。

也许是为了一份感恩和不忘的纪念，紫馨在给孩子落户口时，起的名字是于续宝。平时，紫馨喊孩子的时候就宝宝、续宝混合着叫。起初，小徐有点不解，就问紫馨，你这样宝宝又续宝地叫孩子，不把孩子叫蒙了呀！紫馨就一边逗着孩子一边说，我不会让他蒙的。我叫他续宝，是想让他长大了永远记着一个人。

紫馨说着，意味深长地看了小徐一眼。看到小徐发愣，紫馨提示道，拼音"续"的第二声是啥？小徐虽然书念得不多，但对拼音还是懂得的，他就一下子恍然大悟了。也不知是兴奋的还是激动的，小徐脸上竟红了起来，他一把抱起孩子，高高地举起来，连声叫着，续宝，续宝。

这个时候的紫馨想要上班了。如果不是小徐从经济上帮着她，她产假期间开的那点工资根本不够日常花销。孩子要吃奶粉，她要维持着这个家。她不想总是让小徐这样贴补自己。可是上班之后，孩子怎么办啊？紫馨就想到她们单位附近有一个公办托儿所，费用也不高，她想，把孩子送到那里，离自己近，也方便接送。反正也是喂奶粉了，也就不涉及送奶的问题了。

当紫馨把这个打算跟小徐说了之后，小徐却摇着头说，不行。孩子太小了，托儿所那么多孩子，你放心吗？还是雇人看吧！

紫馨何曾没有想过雇人看啊！可是，雇人的费用可要比托儿所的费用高多了，自己那点微薄的收入哪够哇！但在小徐面前，紫馨不能提及费用的事，她只好说，离单位近，自己方便去看。

其实，小徐是完全知道紫馨是为了省钱才不得不把孩子送托儿所的。他打算问问他们单位食堂做饭的那个大姐，正好他们单位取消了中午的饭堂，她也没事做了。小徐没有把这想法告诉紫馨，他是想都问成办妥后再告诉紫馨。

在紫馨满月之后，魏瑶来过两次。当魏瑶见到紫馨，就一把搂过她，神秘兮兮地贴近紫馨的耳朵说，怎么样？也算新婚宴尔啊！看你这气色，不错，一定很幸福吧？

紫馨真是不愿意继续听魏瑶没完没了地聊这样的话题，更不愿意听她继续唠这些毫无边际的嗑儿，就板起脸说道，你是来看我的，还是来打探的？我都跟你说了，我们什么事都没有，更不是你说的那样！

当魏瑶听紫馨讲了俩人同吃不同住的生活方式后，她就咯咯笑了起来，揶揄着紫馨说，还说是知己好姐妹呢！跟我都不说实话，骗傻子呢？孤男寡女的两个人，鱼离不开水，水离不开鱼的，整天一个锅里搅马勺，这么长时间还没在一起，谁信啊？

看到紫馨有些不高兴的样子，魏瑶很失望地摇摇头，转身逗弄炕上撂胳膊蹬腿儿的孩子去了。

至于别人信不信，对紫馨和小徐都没什么，因为他们已经不在意别人说什么了，他俩完全是活在自己的世界里。充满好奇的魏瑶来到了紫馨这里,还是想见见小徐,她想从他们的言谈举止、表情动态中证实她的判断。所以,她从过午来的,临近傍晚了还磨磨蹭蹭不走,她是想等小徐下班,看看他们究竟是怎么个同吃不同住。见她没有走的意思,紫馨就留她吃晚饭,魏瑶也没有拒绝。

两个人正忙着做饭,小徐很准时下班回来了。他仍然是直接来到紫馨这里,手里还拎着两条摆动着尾巴的鲇鱼。见魏瑶来了,热情打了招呼,说,魏瑶来了,正好买了鱼,一起吃吧。

小徐说完,就让紫馨和魏瑶去里屋唠唠嗑儿,自己在厨房里忙活起来。看见小徐系着围裙,熟练地操持着锅碗瓢盆,魏瑶冲着紫馨挤眉弄眼,就这,不明摆着就是丈夫了吗?哪个男人会平白无故地去为一个不相干的女人做这些啊!

紫馨什么也不说了。她知道,说什么魏瑶也不会相信。见紫馨不言语了,魏瑶就笑着说,怎么样?心虚了吧?这有啥,这不很正常吗?自己这样处着走到一起,还真比别人介绍的好。

反正不管魏瑶怎么说,紫馨就是不接这个话茬了,直到小徐做好了饭菜,端上桌子,才算是堵住了魏瑶的嘴。

尽管小徐还像往常那样,吃完了饭待紫馨都收拾妥当后,他才放下孩子回到自己的住处。可这在魏瑶看来,也只是假装做个样子给她看罢了,她是说啥都不会相信,这么久相守相帮在一起的二人,会是井水不犯河水地生活着。

就在魏瑶去过紫馨家的第二天，晚上都过了下班的时间，小徐还没有回来。这是从来没有发生过的事情，紫馨就有些心慌，可是左等右等也不见他回来。紫馨一次次地到院子里看他的窗户，窗户却一直黑着。她的心就开始不停地打鼓。她不住地看着表，不住地看着越来越黑的天，心也就跟着越来越沉。

紫馨彻底等不下去了。当表的指针指到了晚上9点的时候，那指针就像针尖一样了，每滑动一点点，都像是走在她的心上。她慌乱地穿上棉袄，用棉被包上孩子，系上背带，抓起手电筒，锁上房门就走出去了。

因为那是供销社的家属房，大多是一个单位的职工，紫馨就挨家挨户打听小徐。可邻居都说不知道。当她打听到门卫时，老周支支吾吾地说，你家小徐出事了，我还以为你知道了呢。你可先别急呀！我也是听说的。说是小徐被一个开三轮车的愣头青给撞了，送到人民医院了。

什么？紫馨犹如被人当头砸了一棒，腿一下子就软了，身子也跟着摇晃起来。看到紫馨这个样子，老周直后悔不该告诉她。他赶忙扶住紫馨，不住地安慰。紫馨缓了一下神儿就冲出门外。

老周看她一个女人还抱着孩子，这么晚了还要去医院，怕一旦发生什么事，自己良心上过不去，就说，这黑灯瞎火的，你等下我，我陪你去吧。

这个时候已经没有公交车了，出租车也很少，紫馨抱着孩子,不顾一切地拦截着过往的车辆。总算有一辆停了下来。

小徐一条腿上缠着好多的绷带,额头上的纱布块儿也洇着血迹。见到小徐这个样子,紫馨竟控制不住自己,哇的一声大哭起来,她这一哭,怀里的孩子受了惊吓,也跟着哭。

我没事的,你别哭,吓着孩子了!我没伤着骨头,只是皮肉受了点伤。小徐安慰着紫馨说,然后又冲着一同陪着紫馨来的老周说着谢谢。

床的一边,坐着一个蔫头耷脑的农民打扮的小伙子,是肇事车辆的车主。见家属赶来,那个小伙子急忙站起来,对紫馨充满歉意地说,嫂子,真对不起,是我开三轮车给大哥剐倒了,大哥是好人,他一点没有讹我,这要是遇到讹人的主,我可就惨了。我是农村的,家里又穷……

紫馨已经无心听这人说什么了,她俯下身轻轻抚摸着小徐的腿,抽泣着说,你走路怎么不注意点啊,听说你出事,我都快被吓死了。你干吗去了,怎么会被车撞了呀!

小徐是打听到了单位饭堂做饭的那位大姐的家,就在附近的农村,想趁中午休息去她家跟她说说给紫馨看孩子的事儿。可他骑着自行车才离开单位不远,就被迎面而来的三轮车给剐倒了,连人带车翻在路旁的排水沟里。正好单位有人路过,就跑过来和那开三轮的小伙子一同把小徐送到了医院。

紫馨想在医院陪着小徐,可是孩子又无法安置,有点左右为难,这会儿,孩子大概是饿了,不住地哭闹。小徐就对紫馨说,你赶快回去吧,我没事的,现在有这小伙子陪着,你就放心吧。他看有外人在,就把嘴巴凑近紫馨的耳朵,悄声说,晚上插好院门和房门。明天我再找个人给你做伴儿。

紫馨庆幸小徐没有伤了筋骨,但看到他眼下这个样子,心里还是一揪一揪地难受,她真不放心离开,可是带着孩子又确实不能在医院陪护,最后只好忧心忡忡地回去了。

踏进家门的紫馨犹如一头扎进漆黑的枯井。两个黑洞洞的窗户又让她感到了恐惧,即便她进了屋子开了灯,这种恐惧也没有减少。独居的日子,她不是没尝过;孤独,她也不是没体味过。可是,从来没有像这个夜晚一般让她难以承受。

小徐在家的时候,尽管紫馨也是独守着夜晚,但是,墙那头的小徐会让紫馨感到他就在身边,只要她看到那堵墙,听到从那堵墙传过来的声响,心里都会很踏实。

这个夜晚就迥然不同了,墙的那边空了。再去看这堵墙,就完全不是原来的感觉了。她觉得,那堵墙壁就是小徐,小徐就是那堵墙壁。

在漫长的夜晚,紫馨一直开着灯,一直睁着眼睛,无法入眠。钟表的咔咔声把这黑夜过滤得更加的死寂。她一直抱着孩子,想让孩子的体温和呼吸给她一份精神上的支撑,给她一份抗拒恐惧的胆量。

可算是熬过了那漫长的一夜。当东方刚刚露出鱼肚白,紫馨就倦怠地起来了,她丝毫没有饿的感觉,也不想做什么吃的。她先是去了小徐的屋子，简单收拾了一番，又在炉子里塞进了满满的烧柴点着。她不想让这屋子呈现没有了人气的冷寂。

做完这一切，紫馨回到自己的屋子，给孩子冲了奶粉，喂完后，准备了一些孩子该用的东西，就想等天大亮了把孩子托付给邻居，然后直接去医院。她决定了，这个时候先请几天假。小徐就是出院了，也要休养些日子，也需要人照顾。

紫馨收拾好了一切，正准备出门，就听到了一阵敲门声。紫馨问声谁，门外就传来一个女人的声音，是我，是小徐让我过来的。

紫馨想起昨晚小徐跟她说要给她找个人做伴的事，就上前开了大门。门外是一个50多岁的女人，穿得朴素利索，头发绾着发髻，皮肤黑红，透着乡村女人特有的那种健康和朴实。她胳臂上挽着一个鼓溜溜的花布兜。

那女人见紫馨抱着孩子要出门的样子，就问，你这是去哪儿啊？小徐特意托人告诉我要早点过来呢！我知道他让车给撞了。

紫馨就告诉她要找人照看孩子的事。那女人一听睁大了眼睛，不是雇我了吗？小徐没跟你说呀？他都把雇我的工资托人给我了。我还寻思呢，这人真干脆，还不知我干的咋样呢，就预付了那么多。

紫馨听到这里才算明白，原来这是小徐给她雇的哄孩子的保姆。紫馨的心里暖洋洋的，像是洒进了五月的阳光。她没想到，小徐自己受了伤还在想着自己和孩子，小徐真是太好了。现在既然保姆来了，自己正好可以放心去医院照顾小徐了。

不过毕竟保姆刚来，什么都不熟悉，紫馨也没敢马上就把孩子交给一个还不知根底的人。她想了想，就先让保姆跟自己一同去医院。那保姆马上履行职责，一直替紫馨抱着孩子，紫馨则挎上了装着孩子奶粉尿布的背包。她想在医院多些时间陪陪小徐。

推开病房的门，医生正在给小徐换额头上的纱布。看到那么深的伤口，紫馨就忍不住心疼。见做饭的大姐和紫馨一起来的，小徐就向那大姐打了声招呼。待医生换完纱布后，他就详细地向紫馨介绍了那大姐。然后对紫馨说，别带孩子到医院了，我这没事，他指着那个肇事的三轮车司机说，小陈一直在这照顾着我呢。然后，他又冲那大姐说，在我住院这几天里，晚上你就先别回家了，陪陪她们娘儿俩，我多给你加钱。那大姐很爽快地答应了。她说，就冲你对我的信任，没说的。我在你们单位饭堂做饭也一年多了，也都互相熟悉了。再说，我的家你都知道在哪了，你就放心吧，我会尽心的。

虽然，小徐一直撵紫馨回去，可是紫馨就是不走。她从兜里拿出给小徐买的内衣和袜子，放到了小徐枕边，轻声说，外面穿的是住院的院服，可内衣总是要换的，毕竟要好多天呢，晚上换换吧，明天我来，拿回去洗了。小徐脸就红了，不过当着外人的面他也不好说什么客气的话。

紫馨打来一盆热水，为小徐擦手和脸。当紫馨的手触碰到小徐身体时，小徐从心底生起一股暖流，这暖流一下子就涌遍了全身。

他和紫馨从打相识以来,从来没有过肢体接触。这一个不经意的触摸,让他的心莫名地狂跳起来。当紫馨拿过他的手擦拭的时候,小徐真想紧紧握住,也让紫馨感受一下他用肢体表达的谢意,也让她感受一份温暖。

可是他没有。他眼睛一眨不眨地注视着紫馨,轻声说,真热乎。紫馨感受到了小徐灼热的目光,却始终埋着头。

我看你眼圈发黑,是不是昨夜没睡好哇!你吃饭可别糊弄啊,还有续宝,一定要照顾好他。你俩都要好好的。我过些天就能回去了。

一直埋着头的紫馨,其实是不想让小徐看到她眼中的泪水。紫馨的心一直愧疚着,要不是为了自己,小徐哪能让车撞了?要不是为了自己,小徐哪能无形中背上了那么多不该承担的责任!

她吸溜了一下鼻子,小徐这才意识到紫馨落泪了,他拍了拍紫馨的手臂,你怎么像个孩子?我一点事都没有。满大不过留个疤,一个大男人有啥呀!不过,我还是挺幸运的,没在明面上留下伤痕。我还要感谢老天呢!小徐故意轻松着语气,意在缓解一下紫馨的难过。

中午,医院送餐车送饭了。到了小徐这儿,却不再是馒头和豆腐汤,而是米饭、鸡汤,还有一碟猪骨髓条儿。小徐就连声说,错了错了,这不是我订的餐。

送餐员看了看送餐单说,没错,是302床的徐岩东。紫馨边替小徐接过饭菜边说，这是我重新给你订的，我看了你的订餐单，怎么能总吃馒头、豆腐！你现在需要营养。

小徐就心疼了，悄声对紫馨说，这多贵啊！这差不多够给孩子买袋奶粉了吧？可不能再吃这个了！

紫馨就说，怪不得呢，你那么瘦，你平时给续宝买奶粉的钱，都是从牙缝里挤出来的吧？现在可由不得你了，预订餐我都给你订完了，钱也付完了，你就别管了。只要你不出院，我就天天来，现在有这大姐看孩子，我也能脱开身了。

听了紫馨的话，小徐赶忙说，你不是该上班了吗？你就上你的班吧，我说过，我没事的，再有几天就能出院了。

我先不上班了。紫馨一边说着，一边端着碗，用汤匙一口口地把鸡汤送到小徐嘴里。在紫馨喂小徐的当口儿，三轮车司机小陈就从外面买回了他们三个人吃的盒饭。紫馨给他钱，他说啥没要，充满歉意地说，都是我让大哥受了这份罪，也牵累了你们。按理儿，大哥住院吃饭的钱，都应该我掏，可大哥说啥没让我拿这份钱，我真挺过意不去了。那这顿午饭钱，我咋还能收你们的。见小陈这样诚恳，紫馨也只好作罢。

小徐本该是住半个月才能出院，但他第七天刚拆完线，就要求出院了。他不舍得花钱，虽然住院治疗的钱是肇事的小陈出，可小徐也是想尽量减少一些他的负担。最重要的，小徐无时无刻不在牵挂着家里，惦记着紫馨和孩子。这样一思量，小徐就不顾医生的劝说，硬是出院了。他预想到紫馨也不会同意的，他就赶在紫馨没来时让小陈把自己送回了家。

见到回了家的小徐,紫馨是又高兴又生气。高兴的是小徐终于回到了她和孩子身边。生气的是,还没有好利索,不该提前出院。

多天没有回家的小徐,见自己的家比往常更温暖、更干净了,心里就有种说不出的清爽和欣慰。

看着小徐还行动不便,紫馨说啥也不让他回自己的屋子,她要好好照顾他,她怕他不注意跌倒。但小徐还是拒绝了,他不想麻烦紫馨。紫馨却始终坚持着,她绷着脸对小徐说,现在,你就把我当作医生、当作护工行吗?这么久了,老是你在帮助、照顾我们娘儿俩,现在你又为了我们让车撞了,无论从哪方面说,我都该照顾你、帮助你。如果你再拒绝,那就是——那就是……

说到这紫馨鼻子一酸,眼里蓄满了泪水,那就是瞧不上我,那就是你只把我当作可怜虫去可怜我。可我不需要可怜,不需要同情,我需要的是,是……

紫馨也说不清自己究竟想说什么。看到紫馨的眼泪,小徐的心马上软了。他能听明白紫馨没有说出来的意思,小徐也说不清自己为什么会死守着心里的那道坎,不敢勇敢地跨出一步。这样做是对紫馨的爱护,还是伤害?他不敢承认自己在内心深处已经深深地爱上了紫馨。

与紫馨同住在一个屋檐下的小徐,真切地感到这才是一个地地道道的三口之家。他在炕上哄着孩子、逗着孩子，紫馨就在屋里屋外忙活着。小徐就悉心地体味着紫馨对他无微不至的照顾：洗脚、洗脸，洗洗涮涮、做可口的饭菜。做这一切，紫馨一点也不觉得累，而是特别的高兴和欣慰，她终于也可以为小徐做点什么了，也终于可以让小徐感受一份呵护和温暖了。

同吃同住的日子里，小徐和紫馨是欣慰的，但也是痛苦的。因为同睡在一条炕上中间只是隔着孩子的两个人，内心无论如何也不会平静下来。静谧中，无论是谁，每一个翻身，每一个响动，每一个细微的喘息，都会拨动起两个人情感的琴弦。可是，无论怎样，那袅袅的琴音，只能激荡在两个人的心中，然后缓缓地、缓缓地消散在漆黑的夜里……

在紫馨精心细致的照料下，小徐很快就痊愈了。除了额头和腿上留了点疤痕，一点没有影响到行走。康复了的小徐帮着紫馨支撑着家，照顾着孩子。紫馨也重新上了班，白天孩子由保姆看着，紫馨下班到家，保姆也就回去了。小徐和紫馨又恢复到原来那种同吃不同住的生活方式。

从打俩人经历了同一屋檐下度过的那些日子，紫馨和小徐两间屋子之间的墙壁就好像是一枚锋利的刀片，切断了蓬勃生长的、本该连接在一起的藤和果。

然而，这"藤果"在肥沃的情感的泥土中依旧顽强地生长着，且越来越根深蒂固，似乎在积聚着一种可以摧毁一切阻碍的能量。

第十一章　泾渭清浊初有分明

冬天过去，春风吹绿了柳梢的时候，紫馨的孩子续宝已经会站着了。

有一次小徐回老家看望年迈的姑姑，孩子和紫馨就让他想得牵肠挂肚。短暂的离别，更让小徐感到自己与他们已经深深地连在了一起，已经达到了无法分开的地步。见到老家村子外面一位带着孩子的村妇，小徐眼前立马呈现紫馨娘儿俩的样子。他抽腿就想回城，好像已经管不住自己的腿似的。没办法，为了能够让自己冷静下来，他就用一块石头把脚面砸出一个大青包，疼痛刺醒了他，好久他才慢慢冷静下来。

总算熬过两天，归心似箭的小徐一路小跑着奔向火车站。

小徐回到家的时候，天已经完全黑了。当他匆匆踏进家门见到紫馨和孩子的时候，竟忘情地一把抱住紫馨，连同紫馨怀里的孩子。三个人抱成一团，就好像生怕一松手，一切都化为乌有了似的。

也不知过了多久，小徐怀里的紫馨突然嘤嘤地哭了起来，小徐一下子回过神来，他下意识地松开紫馨，惴惴不安地想，自己是不是在欺负人了？

可是，就在小徐发呆的瞬间，被推开的紫馨，竟又一头重新扑进了他的怀里。她握着拳头，轻捣着小徐的胸膛，哭泣着说，你是石头，还是木头？还是一直嫌弃我？你……你真是……

小徐紧紧地拥住紫馨，语无伦次地说，我不是石头，也不是木头，我也是有血有肉的男人，可是，我不敢奢望得到你的爱，我不敢！我觉得，我不配。我宁愿咱们永远这样生活下去，也不想伤害你、委屈你半点。

你真是个大傻子！大傻子！

在紫馨的嗔怪中，小徐逃跑似的，跌跌撞撞冲出紫馨的家门……

其实，紫馨完全明白小徐。她知道小徐是真心地爱着她、爱着孩子的，只是过去的那一幕就像沉重的枷锁，死死地铐在他的心灵上。紫馨很清楚，小徐自己是摘不下去的。紫馨决定，她要亲自给他摘下去，她要让小徐能够轻松快乐地过他想要的生活，能够实实在在地接纳自己和孩子。

于是，在夜晚来临的时候，紫馨鼓足了勇气，在擂鼓般的心跳中敲响了那道墙壁。

什么事？小徐那边马上就有了反应。

我……我忽然头疼，难受……紫馨在墙的这头答着。她的脸火烧火燎的，为了自己的谎言，更为自己要付诸的行动。

紫馨侧耳倾听着那边的动静，很快就听到房门、院门和自己房门的响动。从打小徐出院回来，紫馨再也没有插过自己的房门。

紫馨，你怎么了？小徐过来了，着急忙慌地问。

穿着睡衣的紫馨躺在床上，紧闭着眼睛。小徐用手轻轻摸了下紫馨的额头，惊呼道，怎么烧得这样？都烫手！一定是感冒了！有药吗？要不咱去医院吧！

紫馨从睫毛缝里看见小徐那着急的样子，她想笑，又想哭。心说，这哪是发烧，是自己太心慌、太害羞了。

小徐马上从药匣里翻出感冒药，又倒了一杯开水，走过去轻轻扶起紫馨。可就在他俯下身子的一瞬间，紫馨一下子搂着他的脖子，嘴唇贴在他的耳边说，没事了，没事了，你来了，我就好了！

小徐明白了紫馨的用意，本想推开，可自己的手竟违背着自己的心，反倒搂得更紧了。彼此之间，都可以听到对方急促的呼吸，狂乱的心跳。一时间，俩人谁也没有说话，就那样默默地相拥在一起，脸挨着脸，心贴着心，组合成了一尊爱的雕像。

也不知过了多长时间，紫馨轻轻对小徐说，我想跟你说个事。小徐问，什么事？紫馨支吾着，孩子再一点点长大，我想让孩子有个爸爸，我也想让自己有个男人，我不想总是这样被你帮助着。

小徐愣了一下，试探着问，于军怎么办？

紫馨又把滚烫的脸贴在了小徐的面颊上,肯定地说,我和于军早就离婚了,彻彻底底地完结了,永远不会在一起了。你是我遇到的最好的人。紫馨忽然双手捧起小徐的脸,眼睛直视着眼睛一字一顿地说。

小徐马上激动地抱起紫馨在屋地上转着圈,兴奋地说,吓死我了!我真的怕你离开,怕这屋子里一下子没有了你和孩子。

可是,小徐很快就冷静了下来,他垂下头,又说起曾经对家人的失职,紫馨打断他,我说过了,我看中的是现在的小徐!

听了紫馨这番话,小徐呜呜地哭了起来,他像是在经过了剧烈的疼痛后,被摘去了铐在他心灵上沉重的枷锁一样,豁然轻松了、豁然开朗了。

第二天,小徐先是领着紫馨去照相馆照了相,然后去百货商场给紫馨买了一件水粉色的连衣裙,一件桃红色的睡裙,他说快入夏了,让紫馨也像花朵一样,还配套地给她买了一双粉红色半跟皮鞋,一条鲜艳的红纱巾。紫馨一再阻止小徐,不让他乱花钱,小徐却说,这已经是很节俭了,我怎么着也得把自己的新媳妇打扮得漂漂亮亮的。

出了百货商场,小徐执意要领紫馨去一个好一点的饭馆。不管紫馨怎样反对,小徐还是硬给拉了去。他们选了一个僻静的单间,落座后,小徐给紫馨点了几个爱吃的菜,还特意要了一瓶红葡萄酒。

他紧挨在紫馨身边坐下,殷勤地给紫馨倒酒、夹菜。两个人说着暖心热肺的话语，沉浸在属于两个人的情感世界里。那顿饭是紫馨成为母亲以来最惬意、最温暖、最难忘的一顿饭。

小徐突然想起了什么，赶忙从衣兜里摸出一个红色的小绒袋儿，小心翼翼地解开系绳，从里面拿出一对金光闪闪的金耳环。他对紫馨说，我知道你的那对金耳环送给伺候月子的魏姨了，就悄悄给你买了一副，就想等你过生日时送给你。现在，就当作咱们结婚的礼物吧！来，我给你戴上。

小徐接着说，我一定要给你充分的时间来验证我。我不想留给你半点后悔和遗憾。什么时候你完全感到，我配做你的男人了，我再带你去把结婚证领了。不管是前还是后，我都不会让你有一点顾虑。

紫馨像小猫似的依偎在小徐的怀里呢喃道，从今往后，你就是我的男人，就是续宝的爸爸，永远永远……

嗯，永远永远……

从两个人在一起的那一刻开始，小徐对紫馨就不仅是帮助了，而是完全承担起家的责任。他把经济大权都交给了紫馨，让紫馨彻底感到他们是真正的一家人。而紫馨也从来不会独断专行。对于小徐交给她的工资和其他收入，包括她自己的工资，从来都不独自把握在自己手里，而是放在两个人都知道的一个地方，共同支配。他们相亲相爱，和和气气，虽然也和所有的人一样过着钟摆似的生活，但他们觉得，三口之家的钟摆随时都在奏响着幸福的乐章。

春去秋来,寒来暑往,被邻居叫成了"徐宝"的续宝,已经3岁了。紫馨和小徐是在续宝3岁生日的那天领了结婚证。这个迟来的结婚证,其实对于他俩来说,只是法律上的一个凭证。

在续宝幼小的心灵里,小徐就是爸爸。续宝和小徐也特别亲,每天都要缠着小徐领着、抱着、哄着。奶声奶气地喊他爸爸。小徐就领着续宝出出进进,儿子、宝贝地叫着。

看在眼里的紫馨,心里甜滋滋的。当初邻居对紫馨和小徐的非议,都被流逝的时光和活生生的现实抹成幸福美好的颜色。谁都不会再对这和睦的三口之家说三道四了。在他们眼里,他们的的确确是最幸福、最和睦的一家。

魏瑶偶尔还会到紫馨那里串串门儿,看一看,出于对紫馨的关心,更出于对小徐和紫馨的好奇。她始终关注着小徐和紫馨,始终为他俩保持那么久特殊的关系感到不可思议。

每次魏瑶去紫馨那里,总是要等小徐下班回来后再走。她愿意看到小徐那高大魁梧挺有男人味的样子,愿意分享一下他们和睦融洽的生活氛围。

每次走出紫馨和小徐的视线,魏瑶的心里就酸溜溜的。她羡慕紫馨,觉得自己的日子过得太没味了。最初,她觉得只要家里条件优越,啥也不缺,过着丰衣足食的日子,就是女人的幸福。可渐渐地,日子久了,她就觉得不是那样了。她总觉得和紫馨一家人相比,自己的生活少了些什么。

虽然紫馨和小徐住着冬冷夏热的平房,过着清贫平淡的日子,小徐普普通通,只是一个供销社的采购员。而自己住着小楼,家里啥都不缺,男人是单位的领导,公公是工商局局长,可是魏瑶就是觉得自己所谓的优越感不堪一击,生活像白开水一样寡淡。

张起航很少顾及魏瑶和孩子,他觉得只要让家里啥也不缺,满足家人的物质需求,在外面有头有脸儿,挣足了面子,就是男人的本事。可是,随着时间的流逝,逐渐有了变化的魏瑶让张起航也逐渐产生了一种危机感。那就是自己的短处所无法巩固的夫妻感情。

起初,当魏瑶很巴结他、惧怕他时,张起航耀武扬威还能耍耍大男子主义。可当魏瑶渐渐对他产生不满、生出了脾气之后,张起航就锐气大减了。魏瑶想要离开他的想法也越来越强烈了。

魏瑶背着张起航办理了停薪留职。待一切手续办完之后,她才先斩后奏地告诉了张起航。不是商量,她只不过告诉他自己的决定而已。

张起航找出了好多阻止和挽留的理由,可都无济于事。张起航当然知道魏瑶为啥要离开自己,因为知道这个也就不能多说什么,他可不想让魏瑶说出更难听的话来。

不过,魏瑶还是给张起航吃了颗定心丸,永远不会和他离婚,永远不会不要这个家和孩子。

张起航彻底沉默了。他觉得只要能够把握住底线——魏瑶不离婚,就由她去吧,谁让自己不行呢?至于父母那里,很好解释，就说魏瑶下海经商去了。张起航觉得魏瑶的离开，与当年慧莲的离开是迥然不同的。慧莲只是没有线儿的风筝，而魏瑶就不同了，她有三条线牵拽着：丈夫、孩子、家。即使心里没了丈夫，至少还有孩子，还有家，至少她不会忍心让孩子没有爸爸。

紫馨知道了魏瑶的打算后，吓了一跳。她咋也不会想到以前那样依附张起航、那样以家为中心的魏瑶会有这么大的变化。

魏瑶告诉紫馨，她是要去一座发达的沿海城市，投奔一个同学。她那同学开了一家美容院，魏瑶就想到那里一边学习，一边合作。当然，魏瑶为了不使自己有寄人篱下的感觉，她投资了一些，也就算合伙人了。魏瑶还给紫馨讲了很多她的畅想和打算。

看着魏瑶那一脸憧憬的样子，本来还想劝劝她，但话到嘴边，觉得苍白无力，也只能祝愿她一切都顺意了。

那天，正好是休息日，小徐也在家，正在给续宝做纸风轮儿。在魏瑶看来，续宝长得越来越像于军了，她暗想紫馨看到儿子那张酷似他爸爸的面容时，心里会是什么感受，是否还时常想起曾经一起生活过的于军吗？那么，小徐看到续宝那张酷似他亲爸的那张脸，他又会有怎样一种心情？由此，魏瑶也在想，自己一旦离开了家乡，远离了丈夫、孩子和家，自己又该是怎样一个前景？

魏瑶不敢去想太多了，她既然已经决定破釜沉舟，就绝不允许自己产生半点犹豫。她时刻告诉自己，一定要走出去，看看外面的世界。

不知从何时开始,她一点不认为自己的这个想法有多么荒谬。她觉得人的一生那样短暂,她不想委屈着自己、禁锢着自己、牺牲着自己。

紫馨炖了两只鸡,烧了一条鱼,烀了几只魏瑶爱吃的猪蹄儿,又炝拌了几个小菜儿,还买了几瓶啤酒,就算是为魏瑶饯行了。

魏瑶临走时塞给紫馨一个精致的小盒子,紫馨打开一看,居然是一枚双菱形的金戒指。原来,魏瑶一直不知道紫馨为了答谢伺候她月子的母亲,竟送给她一副金耳环。最近才看到母亲戴在耳朵上。魏瑶问起母亲从哪弄来的,母亲支吾了半天才说是紫馨当年送的。听了这话,魏瑶立刻就跟母亲急了。她说,你怎么能接受这么贵重的东西?你这样做,我和紫馨还算是好姐妹吗?

于是,魏瑶就赶在母亲过生日时,又送给她一副,把紫馨送给的那副要了回来。想还给紫馨,又隐隐觉得不妥。眼下她要远行离开家乡,也想送给紫馨一份礼物,路过金银首饰加工店,心里就有了主意。她又加了四克黄金,熔在耳环里,重新加工成一个漂亮的金戒指。

紫馨推托着说啥不收,魏瑶就急了,冲着紫馨嚷道,如果你还认为咱们是好姐妹,你就收下。这里有你的一半,也有我的一半,多有意义呀!也留个纪念。

见魏瑶说到这分儿上,紫馨也就不再推辞。她笑着对魏瑶说,那好吧,那你就给我戴上吧,我也就不再摘下来了,这更有意义了。魏瑶就高兴地给紫馨戴在了无名指上,不知为什么,眼泪忽然就毫无征兆地大滴大滴地流下来。她对紫馨说,张起航为什么不中用,你知道吗?紫馨,就是因为他祖上不积德。这次我想多用点本钱,就想起了之前婆婆给我的那个盒子。

哦,那个盒子,你打开了?里面是什么好宝贝?紫馨想起了魏瑶那个奇怪的新婚之夜。

魏瑶脸上全都是愤怒。什么宝贝,里面是空的!空的!

紫馨吃惊地望着魏瑶,不敢相信地追问了一句,这……怎么可能啊?

怎么不可能?我还能骗你呀!

魏瑶要走的那天,紫馨去了魏瑶家,她想送她到火车站,也算是辞别。本来,张起航也是要带着孩子一起去车站的,却被魏瑶回绝了。她不想面对分别的场面,特别是孩子。魏瑶猜得出,张起航是想用孩子打动她,让她看在孩子面上改变主意,打消离开家的念头。她也不想让紫馨去送,她就想一个人默默地登上远行的列车,让自己的心能够平静地离开故土。

紫馨还是陪她走到了车站广场,再送魏瑶就不让了。她说,她最受不了火车启动时,看到车窗外挥手道别的亲人和朋友。那样,她会流泪的。紫馨听她这样说,也只好停下了脚步。

在魏瑶转身要离开时,紫馨从挎包里摸出一个纯银的小圆盒,塞给魏瑶,说,这个小圆镜,送你做个纪念吧!你会每天都能用到它的。祝愿映在镜子中的你,都是开心的笑脸。

魏瑶一边低头往兜里装着小银镜，一边对紫馨说，你回去吧。

紫馨说，到那边，稳定下来，就给我写信。

魏瑶是借用低头揣小镜的当口儿，催紫馨回去的。因为她的眼里已经涌出了泪水，她不想让紫馨看到她的泪，她也不想让这泪水，打湿了俩人的心。

紫馨当然感觉得出魏瑶的情绪变化，眼见着自己的好姐妹要远行他乡，紫馨的心里也有说不出的失落、难受。俩人默默地各自转身走了。魏瑶一直没有回头。但紫馨却停住脚步，一直凝望着魏瑶，直到她的背影渐渐融进熙熙攘攘的人群里，紫馨才长叹一声，转身离开。

第十二章　秋天里的庄稼和野草

紫馨在魏瑶走了半年之后，才接到魏瑶的一封信。就一页，没有多少文字。信中说她在那边一切都好，说已经过了学习阶段开始与合作的同学正式经营美容院了，说生意不错，又讲了一些每天工作的流程。

魏瑶走这半年多，也只给紫馨写过信，张起航那她连一个字都没给写。既然出来了，她就不想打听家里的事情，不想因为听到家里的什么事情而闹心。她宁愿像死水一般沉默着消磨自己对家、对孩子、对朋友的思念，也不想再回到张起航身边。她就想让自己完全处于不被人知的状态中，包括紫馨。她给紫馨写信，特意跑到很远的地方邮寄，就是不想让他们找到她。

时间真的像流水一样快，一晃，紫馨的孩子续宝已经快上幼儿园了。一直看着他的那个保姆挺高兴能继续留在他们家里工作，因为紫馨又怀孕了。

虽然小徐对续宝视如己出，一家三口和和睦睦，但紫馨还是想让小徐有个自己的骨肉，同时，也是他们俩的孩子。小徐知道紫馨怀孕后喜出望外，一把抱过紫馨，激动地说，我是两个孩子的爸爸了！我是两个孩子的爸爸了！

他轻轻抚摸着紫馨的肚子说，咱们有了儿子，最好再生个女儿，这样，咱就儿女双全了。不过，是儿子也好，那咱家，就是三个男子汉了，以后，就有更多人保护你了！

紫馨呵呵笑起来，满心都是幸福。

九月怀胎十月分娩，紫馨生这个孩子的时候，正是转过年打春的那天。顺产，是个男孩儿，小徐乐得合不拢嘴。有保姆和小徐两个人照顾着，紫馨产后就自在多了。

看着一天一个样的儿子，小徐心里喜滋滋的，因为孩子是打春那天生的，他就给取名叫续春。紫馨也满心喜欢，续春续春地叫着。

说来赶巧，就在续春百天，一个消息传到了紫馨的耳朵里，于军释放出狱了。告诉她这个消息的人是张起航。

小徐从打那次在紫馨家见过张起航之后，二人就再没见过。其实，张起航还是挺想接触接触这个哥们儿的。特别是在魏瑶离家远行之后，他总想能够有个什么借口到紫馨那里看看。主要也想从紫馨嘴里，知道点魏瑶的消息。他确信，魏瑶是会给紫馨写信的。可是没什么由头，自己突兀地来显得不好。

张起航得知于军出狱，第一时间就想把这消息告诉紫馨，也就有了去她家的由头。当然，他还是想背着小徐告诉紫馨。当魏瑶离开了张起航之后，张起航忽然对于军就有了点同病相怜的感觉了。想想自己的老婆离家远行在外,他心知肚明咋回事。虽然没有和他离婚,可实质上和离婚也差不多少。

张起航本来想去接于军,但随即就打消了这个念头。他觉得自己毕竟是厂里的领导,这样的身份去接一个刑满释放的人,总觉得是很没面子的事情。于是他告诉了几个以前常和于军打麻将喝酒的哥们儿,让他们去接接于军。

张起航到紫馨家去,正好赶上紫馨第二个孩子续春百日。保姆在家看续春,小徐就带着紫馨和张起航,还有他们大儿子续宝,去了一家饭店。张起航很久没见过续宝了,没想到这孩子越长越像于军,竟一时没控制住,脱口就说,太像了!太像他爸爸了!

对于张起航的惊叹,小徐装作没听见,目光在菜谱上浏览着。紫馨忙拿眼示意张起航打住。谁知小续宝这时偎进小徐的怀里,搂着他的脖子,竟接起张起航的话茬,奶声奶气地说,我像爸爸,小弟弟像妈妈,我跟爸爸好,弟弟跟妈妈好。

小徐就抱续宝坐在腿上说,咱们一家四口都好,你们小哥儿俩都像妈妈爸爸。

张起航自知失言,马上迎合到,是呀,这、这一家四——四口真好,俩大儿子,以后不愁养老了!

张起航向紫馨问起魏瑶的事,问她写没写信。紫馨本来想依照魏瑶的叮嘱不告诉他实情,可心里又觉得对不住张起航。她知道,一个平安的消息也许会安抚一下对魏瑶还牵肠挂肚的张起航。于是，紫馨就实话实说了。可当张起航问起紫馨魏具体地址时，紫馨说自己也不清楚。

那顿饭快要吃完的时候，小徐去结账。趁这个空当儿，张起航悄声告诉紫馨，于军出狱了。这话，像吹皱了平静湖面的一阵风，让紫馨的脸色马上就起了变化。本来已经淡忘了的于军，经张起航这样一提，竟呼啦一下像一片乌云似的，瞬间就遮住了刚刚还晴朗的天空。

紫馨朝在吧台结账的小徐望了一眼，对张起航轻声"哦"了一声。这个"哦"好像隐含着很多内容，又好像什么内容都没有。

张起航又小声对紫馨说，你不去看看吗？

我不会去的。于军只是续宝血缘上的爸爸，我和他已经没有任何关系了。

紫馨虽然是很干脆地对张起航说她不会去看于军，可回家路上于军的影子却老是在眼前晃来晃去。紫馨忍不住想，于军现在变成啥样了？回到家里知道父母的情况后又会怎样？

紫馨，你怎么了？是不是哪不舒服？我感觉你面色不大好，要不要我帮你按摩按摩？小徐感觉出紫馨好像哪不太对劲儿，十分关切地问。

没事，可能没太吃对劲，消化一会儿就会好的。

这一天，紫馨的心里都像长了草似的，乱糟糟的，始终无法平静下来。

张起航的那些哥们儿去接于军,却没接到于军本人。

紫馨第二次接到魏瑶的来信时,是距离第一次来信的一年之后。这次,留在信纸上的字就多了,足足写满了三页。她说,自己能够冲出家庭的笼子,出来闯是正确的。

她说她挺想儿子,可越是这样,越是不能联系,她怕受不住孩子的呼唤。她现在就是在极力地打好经济基础,准备儿子上小学时把他接那边去。那样,她就可以和儿子永远在一起了,至于张起航,她也会逢年过节带着孩子回家看看。

信的最后,魏瑶提示着信封里附带了一张她的近照。紫馨抖出来一看,简直和之前的魏瑶判若两人。经过了美容和瘦身的魏瑶,年轻、漂亮,身姿也十分苗条。特别是美容后的面庞,显现出一种自信。看到魏瑶的信和照片,紫馨禁不住感叹,环境真的可以改变人啊。

又过了一年,暑期结束之前,魏瑶回了趟家,真的要把孩子带走。虽然张起航不同意她把孩子带走,但是魏瑶心意已决,执意要这样做。孩子跟着妈妈天经地义,张起航阻挠也没有用。再说,张起航父亲去南方疗养了,就剩母亲一个人在家,身体又不太好,张起航也只好放弃自己的念头。

魏瑶回家并没有多待,她为孩子准备妥当该带的东西,就打算离开。临走时,她对张起航说,咱们不能让儿子没有完整的家庭,没有妈妈或爸爸。逢年过节什么的,我会带儿子回来看看你和他爷爷奶奶。

最后，魏瑶对张起航说，你一年四季穿的衣服，我都给你归类放在不同的衣柜格里，怕你找不到弄乱了，我都贴了标签，到时你看着标签找衣服就行了。还有，你也要保重好自己的身体。

听魏瑶絮絮叨叨，张起航始终没有吱声，只是一根接一根地吸烟。魏瑶和孩子要去车站的时候，魏瑶仍然没让张起航送。

看着马上离开自己的儿子，张起航紧紧地把他搂在怀里，有些哽咽着对孩子说，儿子，别——别忘了爸爸，要、要想着爸爸呀！他怀里的儿子就点着头，答应着，眼里也噙满了泪水。

魏瑶在张起航的痛苦、无奈和酸涩中，领着儿子毅然离开了家。

空了的家里，一下子变得死气沉沉。张起航感到自己仿佛是在人生的斑马线那头等候的人。他不知道红绿灯对自己昭示什么，所以他进退两难，举步维艰，最终只能在无尽头的等待中耗尽自己的人生。

魏瑶领走孩子后，两年时间里杳无音信。在孩子上了小学二年级的一个暑假里，魏瑶领孩子回来了一次。

那个时候，张起航的家里发生了些变故。他那当工商局局长的父亲猝死。

老婆孩子的离开，父亲的离世，让张起航遭到了前所未有的重击。仅仅几天的时间，就灰白了头发，本来就矮小的他，瘦了一圈儿后，更显得不起眼儿了。

屋漏偏遭连雨天，就在张起航父亲死后三个月，张起航自己也出了事。

　　厂子里四个储存有 40 多吨的液氨储罐发生泄漏，气体不断蔓延，随时都可能引发爆炸。警方迅速在厂区周边实施交通管制，疏散厂区人群，消防大队还出动了十几辆消防车。

　　消防官兵赶到后，首先对罐体进行降温，同时对泄漏罐体进行堵漏处理，经过几个小时的抢修，终于将漏点堵住。

　　虽然避免了爆炸，但这仍然是一起严重事故。上级立马对该厂的主管领导做出停职处理。这当然也包括张起航。

　　面对接踵而来的打击，张起航就像是秋后遭霜打的小草，彻底枯萎了。

第十三章　结束的开始

张起航万万没有想到，犹如人间蒸发了两年多的于军，竟然在自己最倒霉、最落魄的时候出现了。

一个秋末冬初的午后，于军穿着一身干净清爽的休闲装，手里提着个黑色皮包，就那么毫无征兆地出现在张起航面前。乌黑发亮的短发显示出一种特别自然的青春活力，仿佛岁月都对他格外开恩似的。

张起航简直无法想象在监狱待了四年，又人间蒸发了两年的于军，居然一点没有被磨难压垮的迹象，相反倒昂首挺胸意气风发。不过更让他震惊的还是跟在于军身后的那个女人。看到那个女人熟悉的面庞，张起航眼前一黑，犹如坠入万丈深渊一般。

原本，于军先去了厂子里，他是开着轿车去的。他那一副颇有些派头的样子，让人们完全无法将眼前这个人和过去那个穿军大衣的于军联系在一起。于军也似乎压根儿不在意自己的过去，仿佛已经是脱胎换骨了一般。当他问起张起航时，人们的口气中充满了不屑。他已经被停职了，一直没上班，听说病了在家休养呢！听了这番话，于军扬了扬眉，随即眉头又拧成了一个疙瘩。

对于张起航，于军曾经感恩过，也曾经怨恨过。在监狱服刑的时候，于军曾经那么希望自己的好哥们儿张起航也能去看看他，但他却从来没有露过面。

如果不是张起航的引领，自己不会走进赌场，如果不走进赌场，自己也不会参与偷盗运输，自己也不会和紫馨分开。为了这些事，他曾抓着自己的头发，无数次抽自己的嘴巴。可事情已经做下，世上没有后悔药，就是有也救不了他。欠债还钱，天经地义，自己欠下的债，无论是人生的，还是情感的，都甭想让任何人替自己买单。一想到这些，于军更是想见到张起航。他说不清是想对张起航报复，还是别的什么原因。

就是在这种复杂的心绪中，于军开车去了张起航家，并且特意带着女友。这时张起航的家，已经不是原来那干部区的二层小楼了，而是搬到了啤酒厂家属区的一处平房。

如果说仅仅是于军一个人去见的张起航，那么，无论怎样都不会令张起航太过难堪和自卑，总还能够抬起眼帘看看眼前这个变化非凡的于军。可于军身边的女人，让张起航微弱的自信和尊严彻底瓦解了。这个一直令他念念不忘的女人，这个与他有过一段特殊经历的女人，眼下竟然成了于军的女人。她，不是别人，正是慧莲。

假如于军不是很直白地向张起航介绍慧莲是自己的女人，张起航心里还能够多存留一丝侥幸，可是，于军就这样单刀直入，犹如把一把尖刀直接捅进了张起航的心窝。

当张起航和慧莲面面相对时,两个人都愣住了。两人谁都没有想到,会在这里、在这样的情形下见面。于军当然不知道身旁的慧莲曾经与张起航在一起。而慧莲更是不知道于军说要见的朋友就是张起航。

看到张起航和慧莲那复杂的眼神、吃惊的表情,于军也疑惑了,你们……认识?

张起航红着眼睛蹿到于军面前,犹如把刺向自己的尖刀,转过锋刃又回刺向于军。他指着慧莲,瞪大眼睛,一字一顿地对于军说,她就、就是和我相处过、同居过的慧莲,我的第一个女人。张起航把这尖刀准确无误地刺向于军的心脏。他知道,于军最在意的是什么。

果然,于军听到张起航这番话,脸唰地一下变得一片惨白。他回转身,直视着慧莲,他说的,是真的吗?慧莲埋下头去,嗫嚅道,那都是过去的事情了!

这两个男人,像是戗着毛的斗架公鸡,抻着脖子,红着眼睛愤怒地看着对方。

好久,还是张起航先放下了架势,他毕竟还算是在官场上混过一阵子,有了一些城府,多少还能拿得起放得下。

他换上一副微笑的面孔,招呼着于军和慧莲坐下,一边冲着茶水一边自嘲着说,人生啊就像一场梦,有时,也像是一场喜剧。但无论怎样,就如慧莲说的,一切都是过去的事了。咱们就都不提过去了,还是看眼下吧。眼下的我是落魄的凤凰,而于军你是腾飞的雄鹰。我替你高兴。这样,今晚再找两个朋友,我请客,咱们好好聚聚。别看我现在这个德行,可请朋友喝酒的钱,还是出得起的。

于军听着张起航喊着慧莲的名字,心里酸溜溜的更像是塞了一团破布,堵得他喘不上气来。

于军不想在张起航面前表露出自己的情绪,怎么着也得顾及自己的面子。想到这些,于军硬挤出一个笑容,说,人生可不就像一场梦一场戏吗?好,今晚咱们好好聚聚,还是我买单吧!

他们选了一个本市比较上档次的惠丰大酒店,他们仨人落座后,等待着另外两个朋友。张起航故意卖着关子对于军说,这俩朋友,你既认识,又不认识。

看到张起航一脸的高深莫测。于军虽然心里充满好奇,但还是克制住自己。他可不想满足张起航的虚荣心。

一壶茶水还没喝完,请的另外两个人就到了。这俩人不是别人,正是紫馨和徐岩东。张起航请他俩来时也压根没有说是谁,就说是多年未见的朋友想让他俩作陪。可是,当他俩走进酒店看到于军和他身后的女人时,紫馨和小徐全都愣住了。紫馨咋也没想到,张起航请的人竟然是于军。她已经无法回避了,只好硬着头皮随着张起航入了座。

张起航以东道主的身份介绍说,这位是小徐,紫馨的丈夫。这位是紫馨,于军的前妻。然后,又转向小徐介绍道,这位是于军,是紫馨的前夫,这位是慧莲,是于军的现女友。说到这儿,张起航停顿了一下,似乎在思考该不该再说一句。很快,他就破罐子破摔了,哈哈,慧莲,也是我以前的女人,我的女友。有意思吧!天地这么大,人海茫茫,咱们几个人竟能够聚到一起。

这番话,像投进深海里的鱼雷,在每个人的心上,都炸出一股澎湃的暗流,但表面上,却依然保持着死一般的寂静。

张起航就像醉酒的人终于吐出了肚子里的秽物一样,立刻感到轻松、畅快了很多,尽管空气里弥漫着令人作呕的味道。

张起航干咳两声,再次打破沉闷的局面。紫馨,你、你们怎么没把俩儿子带来呢?然后冲于军说,你们的大儿子,续宝长得就像从你脸上扒下来似的,都上小学了。他们的儿子续春,长得像小徐,也像紫馨,都上幼儿园了。你们真是皆大欢喜呀!不像我,竹篮子打水一场空。

于军强压住自己复杂的情绪,故意往慧莲身旁靠了靠,顺便把手搭在她的肩上。

小徐的脸涨得通红,跟喝醉了酒似的。他第一个就坐不下去了,推说要去学校接孩子,率先离席。夫唱妇随,这个时候的紫馨是一定要与小徐保持一致的。于军的出现,会不会伤害到小徐,这才是她最关心的。当看见小徐站起身,她马上也跟着站了起来,扔下一句,我们家里的饭菜比这好吃,你们聚吧。紫馨挽起小徐的手臂,头也不回地走出了酒店……

宴席还没开始,两位重要的客人就离席而去,仿佛一场精彩准备的演出却无人喝彩。张起航看向于军,于军也在看他。然后,两个人就不约而同笑了,笑得莫名其妙,笑得声嘶力竭,笑得上气不接下气。

慧莲木然坐在那里,目光呆滞地望着敞开的大门。大门外,夜色无边……